阿 毛 诗 选

玻璃器皿

阿 毛◎著

长江出版传媒　长江文艺出版社

阿 毛

大学哲学专业毕业。做过宣传干事、文学编辑，2003年转入专业创作。武汉市文联专业作家。2009—2010年度首都师范大学驻校诗人。主要作品有诗集《我的时光俪歌》《变奏》《阿毛诗选》（汉英对照）、散文集《影像的火车》《石头的激情》《苹果的法则》、中短篇小说集《杯上的苹果》、长篇小说《谁带我回家》《在爱中永生》等。作品入选多种文集、年鉴及读本。曾获多项诗歌奖。部分作品被翻译成多种文字。

目　录

第一辑　花朵与石头

第三辑　我在这里

为水所伤

———阿 毛 著

第一辑 花朵与石头

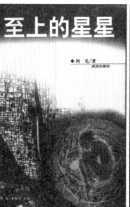

至上的星星

◆ 阿 毛/著
武汉出版社

我的时光俪歌

阿毛 著

武汉出版社

风中的花朵

夏季将尽。从梦中醒来
我已找不到故乡，身心疲惫
无力回首也无力凝视远方
生命中最黯淡的时光
所有的一切从此变得冷寂
包括爱情与往事

坐在岩石上。看风中的
花朵舞蹈，热泪盈眶。什么样
亲切的感觉
令我重回归途
父亲，我原是在你的坟前
一如风中的花朵
无语歌唱

1988 年

为水所伤

这里的一切已不堪风雨
彻底的失败与绝望
睡莲静美而忧郁
为水所伤
鱼在深处渴望，无限温柔
呼吸或游动，对着水中的影
相亲相爱却没有通途

这里的一切静美而忧郁
谁在爱情里痛饮或哭泣
看睡莲之上的小花
隔着永远的水
如火如荼或凋零
为水所伤

1988 年或 1989 年

故 土

梦中的家园失去方向
森林中到处是蛇影。这是
在维谷。生命不断提供警语
但我们仍不免误入歧途。并为
陌生的嘴所诅咒，所引诱
如蛇语。始祖未曾
拥有天堂。这里也从来没有
向天之路。歌唱的鸟或沉默的蚂蚁
或其他。它们真实的声音与形象
再一次叩动我的心房。远处的辉煌
是心灵的倾向。接近真理的时刻
生命绕过蛇的缠绕。我们所求
所在的一切，原是这脚下的泥土
红色与黑色的静，从不喧嚣

1992 年 1 月 5 日

敲碎岩石

敲碎岩石，让它成为星星
成为黑夜里高悬的灯
在世界的边缘
我们是最后留下来的那群人
语言的光穿过诗歌
诗歌穿过我们的内心
岩石抵达天空，成为星星
这无边的夜
我们自己点燃自己
照耀自己
我们大彻大悟
诗歌的灯在高处闪烁
我们是黑雾中
永不偏离方向的一群
诗歌依然不会让我们
无所不能，但我们
仍要翻手为云，覆手为雨
敲碎岩石，让它成为星星
敲碎自己，成为通往高处的路

1993 年 11 月 10 日

我被黑夜的裙创造

我看见了风中的玫瑰
所以拒绝送你
世界充满了语言
而我只能自言自语
火车已经走远了
我知道　你去了另一个方向
这里已空无一人
我开始行走
瘦小的身影就这样固执地隐现
唯一的去处就是前方
迷路的人赶上谁都要问一问
但我同样不知道他
将归向何方
请问太阳　这世界上最大的花
天空怎样开始？
又怎样结束？
我在它灼热的唇下舞蹈
看见风中的玫瑰被夏天创造
月亮、星星是我降生的眼睛
是的，我被黑夜的裙创造

1995 年 1 月 16 日

至上的星星

黑夜的裙

将我创造于爱情的光芒中

我生来就是古典的佳人

只为心中的爱情

做一个痴情的盲者

存在与岁月的针芒

重重地刺在我身上

在这物欲的世界上

没有什么能让我

成为高空的星星

与无可比拟的生命

除了至尊的爱情

我因为什么而轻盈？

因为什么而丰腴？

我的每一个眼神

都高远而神秘

我身上的每一寸肌肤

都充满语言

而谁是理想中的倾听者？

谁是懂得我语言的至上的爱人？

我是天空一样

包容星星的女人

我是星星一样

缀满天空的女人

风雨将我掩盖

但我并不掩盖自己的温情
哦，至上的星星
至上的爱者
我所有痴心的旋转
只为醉心的光芒

1995 年 11 月 8 日

蝙　蝠

我总能感受到阳光里的顾虑

光明使我避而不前

夜晚是我屈尊的高傲

我满含深情　　低低地飞翔

我是盲者

不靠眼睛而靠心灵

我不是任何一场战争的中庸者

而是自我战争的坚守者

我有自己的原则

黑夜里没有任何物类

比我的心灵高贵

我是夜里飘动的云朵

只为心灵下雨

而与我遭遇的人啊

你们是黑夜中的蚁类

除了退避

就是一再重复

传说中的误会

1995 年 12 月 8 日

伤　鸟

我一直在飞翔
冬天里的一支猎枪与一场车祸
同样让我招架不住
征途上没有鲜花
只有死亡的腥气
在目睹了一场车祸之后
飞翔是否还有意义？
在伤愈之后
开始飞翔是否太迟？
热爱生命的人
你们会悲哀一场车祸
却体会不了冬猎中伤鸟的疼痛
谁都会为死亡这黑暗的核心
怀着尖锐的恐惧
覆盖在你们屋顶上的雪
是我去年的泪水
谁都没法忽视
我只是低低地飞
但有着高傲的灵魂

1995 年 12 月 11 日

童 年

为了你自己，成就一份爱吧
只要在瓶中投入一点盐
童年的花树就芳香四溢
那深沉而不可救药的芳香
为我恢复许多美梦的睡眠
这没有时钟的时光
比简单的记忆更深远
在什么样的边缘
我们不能回到童年？
不能沉醉于一张惊讶的面孔？
忧郁的眼神是迷人的
从一团光到另一团光
谜底发生了变化
天真的声音打乱了成人的秩序
我们不必脱身，不必停止歌唱

1997 年 6 月 15 日

距 离

我醒来，对天花板说
要把生活过成一首诗
窗外一束暧昧的光
在我的脖子下一闪就消失了
楼外的街上走着一对盲人
他们手中的竹竿在试探地面
不是鼓点，而是刀锋
撕割我
我从来没有这样深入地思考
一只内心的困兽距离
一颗游走的灵魂到底多远？
那些仍然热爱诗歌的人
还在等待答案
其实，这已不再重要
所有同时遭遇诗人和盲者的人
她的生活将不再平静

1997 年 5 月 23 日

花朵与石头

夏天在抬头的一瞬间
将温柔变成一场暴力
颐指气使，让我昏旋
将体内的暗色全部变亮
这疯狂的途中忆起的辉煌
无疑是一道伤口
甚至是亮亮的歌唱
这便是花朵
它以绝望的姿势下落
栖着的石头肯定是一次黑暗
甚至是暗暗的哭泣
让这对初次相撞的阴阳词
从此走入对方的内部
这速度令人惊讶
我以前看到的是一星火花
现在领受的是一片汪洋
告诉我，在文字里
如何安置它们的躯体和灵魂

1997 年 5 月 28 日

世纪之门

笼中的鸟发狂了
我跌跌撞撞地从梦中醒来
跌进了一个新世纪
当我站在世纪之门
回望暧昧的过去
笑容渐渐淡去
时光会留下什么？
除了卿卿我我的往事
现在，让我们
和时间一起相亲相爱
在世纪末的最后一场雨里
向未来要求一次辉煌
要求一次怀想
我是时光的翅膀
是新世纪的全部幸福
与所有痛苦
你赢得了我
就因此赢得了下世纪的辉煌

1995 年 10 月 7 日

女人辞典

暗夜里的种子怎样变成一个花骨朵？
或者说女人的命运怎样由女孩开始？
她，生来就不同于他。被叫做
夏娃或女娲，一开始
姓名中的偏旁就是性别。
没办法改变的不仅是
身上的那朵深渊。

最初是多么纯洁与优雅，
芳香和美丽也簇拥而来。
同样也没有办法拒绝，都说这是幸福
不是灾难。可是身体成熟，
灵魂也在长成。有什么办法呢？
仿佛不经意中一切都来了：
先是弯的眉，红的嘴，长的头发；
然后是浅的笑，淡的忧，轻的叹息；
一双茫然的眼睛，一朵不测的花。
多俗的比喻，可永远只有俗
才切中现实。我想说的不是花
而是她的芳香与美丽，还有
必然的怒放与凋零。

现在，早晨刚开始
露珠还没有合上眼睛；
又青又涩的果子挂满枝头，

而夏娃尚不知它的滋味——
无知的眼睛和闪烁的树叶一样纯净。
所有优美的词都聚集在身边：
花朵奉献它的芳香，
空气奉献它的清新，
亚当奉献他的倾慕……
但在真神面前，我的形容词太贫穷。
只有不停地怜惜，呵护，缠绕。
但是她，越来越天真可爱，
越来越芳香弥漫。
而美尚不自知。

要不是蛇充当先知，
智慧从哪里开始？
女人又从哪里开始？
羞涩又从哪里开始？
疼痛又从哪里开始？
多美妙的答案：
天空从哪里开始，女人就从哪里开始。
很早我们就被告诫
青涩的果子不能吃，因为酸
还可能中毒，比如吃青柿子。再比如
偷吃禁果，从人类的始祖开始——
从夏娃开始——
原罪衍生无穷无尽的苦与乐。
这丰富的深渊，这暧昧的诱惑，
现在已成为不言的时尚。果子
是一个芳香的名词，而吃
是一个贪婪的动词，再美丽的嘴吃起来
可能优雅，但其本质仍是贪婪。

麻烦并不是从闹肚子开始。伤怀
却从一朵花的怒放开始。
所有的教育都让她开成一朵花
既要美丽又要带刺。
可她并不想伤害爱人，
尤其是里尔克，他竟死于玫瑰。
可这不是玫瑰的错，
错在太爱便是伤害。
而情人节这天，当你拿着玫瑰
满街窜，她却在枯萎。

高跟鞋不仅为跳舞、为美而准备，
它还为平等与对视。3月8号更是
一个错误的节日。即便这种优雅的歧视
她也不能拒绝。内心的武器
存放在温柔的水底。
像水草活在水里——
不声不响，只是温柔，只是缠绕；
像石子在寂寞的海底——
安安静静，只是睡着，并不思想。
如果说肉体的枯萎是不自觉地到来，
而破碎却是一瞬间完成，成为
尖尖的刀片割开生活的脉。
肉体活着，责任与灵魂
更痛地活着。柔曼的句子
围绕一些深深的洞穴长长。
抚摸的手与唇总是太匆忙，
轻柔的翅翼也构不成
实质上的安慰。

那个爱慕女人的莎翁说：
"女人啊，你的名字是弱者！"
更有道德者言："她轻浮如蝶！"
（注意他的用词是"轻浮"而非"轻盈"）
还有更可悲的说法——
"女人是感情的动物！"
"是缠树的藤蔓！"
所有这一切都抵不过那句可怕的断语——
"女人是老虎！"
这一道道的桎梏被女人砸碎
又重新被男人铸好，后又变成
应景的围巾，不停地被套上、取下。

而更多的男人是利箭——
他们说：多可悲，女孩的青春
像白玉兰一样开得短暂；
花朵是笑的，但并不总是快乐的。
就像你刚文成的咖啡色的眉，那不过
是暂时的时尚。
而男人的爱，早晨吃下，
晚上就成了排泄物。

自古以来，婚姻都不是唯一的道路
爱也不是，但却是
相对完整的旅途。所以
她和男人一样可怜。就像
一些不自觉的诗人——
没有爱就不会有诗句；
而不灰心的女人——

没有爱就不会有婚姻。
爱如果是奇遇，住在婚姻里
却只是附丽。

但那因爱而生的婴儿，
不会一开始就叫她妈妈。
而她一开始就是母亲。
经验告诉她：
只有爱与劳作才会幸福。
皱纹提醒她不能在镜中居住，
更不能住在花瓶里和神话里。
她只能让不灭的激情
在母性里沉睡……
醒来眼中的泪水，像晚星
提醒黄昏。
她放下武器，坦然的姿态让时光
也不能与之为敌。

因为，她从来就不是花瓶，
也不是插图，却成为
一首永远读不淡的诗。
一些顺流而下的句子，
里面住着男人、女人和爱与责任。
一年一年，孩子大了，爱人老了，
她终于发现：
原来天这么近，地这么亲。
她凋零着，让灵魂最终跨出肉体
还原成来处的一朵花，
或一只鸟，栖息在时间里。

看不看，她终是要飞翔。
只是我们看不见，
只说她很美。但不知道她比
我们看见的更高更美，
一如带翅的天使与神。
生就的质地与颜色，使她走出
那个比喻的伊甸园很远，很远。
她行走的脚步成为星星，
道路成为温柔的飘带；
而一路的鲜花绽放，芳香追随，
由此成为时间永远的宝贝。

2001 年 3 月 8 日

午夜的诗人

在午夜遇到的露珠很快就掉了。一转身
就被水草困在睡眠的海底。
让鱼儿在安睡中把水泡变作食物，
像诗人在写作中把痛心的眼泪
变作珍珠放进诗句里。
正如你看到的，挂在脖子上的绝不是眼泪，
是那些变不成眼泪的珍珠想迎着
月光笑一笑。但这失败的努力让惨白的光
成为细细的针脚，密密麻麻地落进

醒着的疼痛里。一本打开的书，
无法安睡。一个发痒的喉咙不能高歌。
全世界都在安睡或放歌，
诗人却在人们永不打开的书里，
在那些温柔的句子里流着眼泪。
风总是明知故问，对它碰到的一切说：
现在怎么了？是世界疯了，
还是诗人从来就没有清醒？

也只有风和那些哲学疯子，像诗人一样
还关心一些形而上的问题。
更多的人早已迟钝，
让物质挤出了问题的漩涡。
午夜，玫瑰展开它的花瓣，爱与不爱的人
打开他（她）的身体，

孤独的人打开痛的灵魂。
烟与酒，歌与舞，灵与肉……

所有的战争，在一面午夜的镜子里
被诗人看到，它的血和泪，
它的空虚与寂寞，它的孤苦与无助……
这些都只是时间的长河里
不断冒出与破灭的水泡。其实，不止
有诗人看见，我们都看见了。
谁不是这样的水泡呢？
爱不爱都一样，恨不恨都一样。

所以，物质取代精神的桂冠成为王者；
妓女取代良妇成为男人的新宠；
一些丑闻取代佳话成为津津有味的谈资；
一个作家的知名度在提升一本坏书的印数，
或者一本邪恶的书在提高一个作家的知名度。
世界变化是如此快，快得让浮躁的人
失去标准，让物欲的人也不去细想：
身体在床上和在刀刃下的区别
灵魂在中午和午夜的区别

这是诗，这是诗人？你说，
然后看到一些怪异的眼光，问：
你说的是怪物还是疯子？
偶尔会有可怜的问询——
诗是什么？诗人又是什么东西？
是的，诗和诗人又是什么东西呢？
要做一个好诗人就要少问一些傻问题，
多看一看这样的话——

"如果你始终在写诗，你就是一个英雄，
你将流芳百世，你将赢得历史的尊敬。"

在午夜，我读到西川的这句话，
像一个战士杀敌前找到了武器。
我一直在寻找，
为流浪的身躯找一个依靠，为心找一个家园，
为手找一架琴，为眼泪找一颗珍珠，
为镜子找一些完美的形象。
然后，我就睡去，在鱼儿那样的安睡中，
为梦找一个相爱者。

在寂寞的诗路上走着，让露水
打湿裤腿，让心碰到心的倾护，尽管
你碰到的可能是西西弗斯手下的石头。
这没关系，石头滚下山，你再推上去，
你可以不相信西西弗斯，但一定要相信，
诗能一次又一次地把石头推向山顶。
石头永远是沉默的，就像诗人在现实里
是孤独的，正如午夜的石头可以开口，
午夜的诗人能够嚎叫一样。

夜永远张着它的嘴，
吐出无数的星星和无数的露珠，
却只能吐出一个月亮。
诗正是诗人在午夜吐出的月亮，
它的亮度与柔情，在打开的书里，
让灵魂与灵魂相遇，
像露珠叠印露珠，心照见心。

正是诗人成了西西弗斯，
成为了午夜的露珠聚成的湖泊，
成为黑暗的深处滚向黎明的石头——
在句子里成为星星，
在诗里成为月亮，
在书里成为太阳，
被另一些人在不能入睡的午夜看见，
看见不能得到的珍宝。

2001 年 5 月

爱情教育诗

昨晚 11：30，在中南的某所大学，
一个仿造北大的未名湖做的人工湖，
首次接受了一个溺水者。
在此之前，它一再像一个赝品
被看到被提起。只有恋爱的衣裙
在这儿飘来飘去。空气是新鲜的，
鱼儿是有的，浪漫也是有的。
缺少的是人文价值和传奇。
但人们会安慰着说，那确实
是一个好去处啊。散散步，吸吸气，
也许还可以……
转过头来，
看见一脸的暧昧——
在晴朗的午后，还可以，可以写诗。

我已经三十多岁了，不可能在湖边
遇到一场爱情。就写点诗吧，
说不定哪一天为这个秀气的湖
写出一点诗名。可是诗名又有什么用呢？
再说这个湖离我又那么远。在郊区，
在边缘。就像诗歌在文学中的位置，
文学在市俗生活中的位置。
我写再多的诗，也不能把它推移到
生活的中心。我就要绝望了，
因为心喜欢湖水，身却要远离。

有什么办法呢？除非把身子浸到湖水里，
让灵魂跟随身体的节奏，游来游去——
像一条鱼那样活着。

可没有人能成为鱼，这样的传奇
只能在虚拟中活着，像空虚的人
活在网上的聊天室，让想象的水从天而降。
现在的生活是多么丰富，而我们的灵魂
却多么无助。不然，那个女生
不会说，"你跳下去吧，如果你
游过这个湖，就说明你爱我！"
这个傻瓜——真的就跳下去了，
游到湖中间，就……就不行了。
女孩喊，"谁会游泳？谁会游泳？"
湖边另外的恋人们都吓傻了，
——谁还会游泳？

我在今天听说这个事件，像听一件过往的
情事。弄不明白现在还有人
拿生命为脆弱的爱情打赌。
哎，我曾经那么年轻，那么相信爱情，
为过剩的激情淋过几次暴雨，
还写了不少爱的诗句。可是有什么用？
这些都不过是青春的瘟疫
或爱情的发疯形式。
经验告诉我，
爱情是一场急性病，日子久了就好了。
除非你在年轻的爱中就得了不治之症，
否则没人能靠爱情过一辈子。

一场爱情更不能！你要证明什么？
你游过了湖，她还会要你拿刀子掏出心。
这不怪她，现在的爱情太脆弱
太形迹可疑。认真的女孩怎么会轻信。
可是不怪她，又怪谁呢？
死者值得同情，
生者应受谴责：
她不知道一句话可以要了一个人的命！
所以也就不知道一句话可以救一个人的命。
她看见你跳下水，竟不会说——
"裤管湿了，就够了，干吗一定要游过去！
天啊，这么冷的天！"

连矫情的心情都没有，怎么会因为你的
一次行动心疼你一辈子！
你又要向她证明什么？
是什么样的女孩？什么样的爱情？
让你不顾一切？
她居然还能拿起电话，对你千里以外的
父母说，你游泳出……事了！
多么残酷啊！父母教我们从小爱别人，爱自己
可孩子连自己的父母都无法安慰——
竟然让他们，从此忍着伤子的剧痛度过余生。

死者去了，生者还要活着。
唯愿这个湖边打赌的女孩重新学会爱。
不，别说爱，这已是个卑俗的词。
如果心里真有爱，就只说亲或是
把亲放在爱的前面说——说亲爱，亲爱的
因为亲比爱，不仅有肌肤相触的感觉，

还有血和肉的感觉，
肉和骨头的感觉。
只说，亲爱的，亲爱的，然后摇摇头，
对着雨天，然后什么也不说。

但是，但是，你会问——
"如果一个人因你而死，你让她怎么活?"
是呀，她该怎么活啊？
这个问题太残酷了，如果她能自问就够了，
我们不能再追问——
剩下的日子是要过下去的。女孩，
你不可能背着这个事件过一辈子，像
不能靠着一场爱情过一生。不管你
是不是真心爱过那个男孩，
你都会为他哭一辈子。但不要到那个湖边去
哭，也不要怀疑他的真心或能力，今生今世
你成不了美人鱼，他也永远不可能是你的王子。

把青春的身影映在湖水里也许是一件浪漫的事，
可是把爱情的身躯浸在湖水里
肯定是一件冒险的事。
让这个真正未名的湖永远年轻永远无名吧！
它承受不起沉重的身躯，也担负不起
悲伤的赌注。
如果这个湖一定要与轻薄的游戏或惨痛的悲剧
相连，我宁愿不写诗。
然后，像我教那女孩说的那样——
只说，亲爱的，亲爱的，然后摇摇头，
对着雨天，什么也不说！

2001 年 11 月

不能不写到

不能不写到风——
风并不认识她经过之物
却不能自已地爱了；
不能不写到雨——
它潮湿的声音
和没完没了的眼泪；
不能不写到花——
它在风雨里温存
在骄阳下还摇曳稀有的露珠和爱情；
不能不写到雪——
她的洁白、轻盈
和与温暖漫长的距离；
不能不写到月——
她的幽雅，清冷
和露珠悄润枝头时，异代的情奔；
不能不写到水——
她无人能及的品质，和不老的容颜
还有滴穿石头的本领；

所以，我不能不写到石头——
它的坚韧与厚度，
写到现在的自己——
即便在爱中，也只会静默；
不能不写到梦中的钻石和鼻尖上的黑痣；
不能不写到橡皮擦和幼稚的童画；

不能不写到断发、老脸和颤抖的双臂；

不能不写到庸才的琐碎和长寿；

不能不写到天才的疯与死；

不能不写到生活的细部，在细部周围

不能不写到一本书——

它的每一个字，每一个词，

每一个段落，每一个标点。

每一个啊，都是我们过去活过的，

今后要活的。

我不能不写啊！

为了每一次在诗的开头出生，

每一次在诗的结尾死去。

而一首完整的诗，

还是无法成就我的一生。

2004 年 5 月

火车到站

在火车上，正如你看到的
身体不过是物，
而头发是半个灵魂。
被暗夜的风抚摸了无数次，
还不够水流那么舒畅。
千头万绪，已经理不清了。
还没等童话里的小公主长大，
森林里的树就变得拥挤，
就阻止了私奔的步履。
雪满世界地飘啊，
安娜身上的披巾
和身下的铁轨说：
"爱比死冷。"

"不能再往前了。
下一站能到哪里呢？"
托尔斯泰上个世纪
就下了火车，
就病了，就逝去了。
我小说中的女主人公
总爱坐火车，却害怕火车到站。
因为她担心火车一到站，
就走到头了。
"你没有青春，
没有爱，连亲情都不要，

你能走多远？"我写道：
"你甚至不像安娜——
她有美貌和绝望。"

"岁月都经不起颠簸，
人老了，当然只能背对镜子生活。"
你看——
"他们很无聊，我们很焦虑。"
我还没有读完这首诗，
火车就到站了。火车到站了，
剩余的爱已经没有力气向前了。
"人来人往的，最后都像被砍的树——
一部分成为栋梁；
一部分成为棍棒；
一部分变成纸或灰；
还有一小部分，侥幸成了身体的棺木。
可现在还没有天封地锁，
你可以回家，或者找个地方取暖。"

2004 年 10 月

雪在哪里不哭

雪一定就是悲伤的
因为从温室送来的玫瑰都谢了
像她的眼泪掉了一串又一串
没法收拾

初恋时的披肩现在又流行起来
但是她的爱被人带走
在冷风中吹
不能再温暖她的双肩

我希望有双看不见的手抚慰她
让她的笑容像玫瑰一样开
但是我错了
她失去的不仅仅是爱与笑容

我在镜前看着身上的黑色披肩
它使我优雅、高贵
还有一丝现实的温暖
这些足以与幸福混为一谈

我真的看到了羡慕
但是我的心里空
有时麻木，有时疼痛
谁知道，我是用丰厚的物质在怀旧

那街边的小女孩穿得单薄寒酸
几乎就是贫穷的模样
可她一脸陶醉地依在恋人的怀里
像玫瑰在阳光里笑

她还没有看到岁月的雪天
这不怪她。更何况
雪只是青春里一个温暖的词汇
它飘在青春的天空，却不冷

我的雪在文字里飘来飘去
像玫瑰在眼里，披肩在双肩
文字却在雪里哭
因为它冷啊，真的冷

2001 年 11 月

当哥哥有了外遇

绝不是绯闻
但的确是灾难
当哥哥有了外遇

谁都不会想到
他会扔出一颗炸弹
以前他老老实实
爱妻怜子
在亲戚朋友中有口皆碑

谁会想到他
会为一个比他小了十五岁的女孩子
丢了工作
妻子和十七岁的儿子

在家里他成为一个
被极力挽留的躯壳
在亲人中他成为一个谎言
他不回头了

他成了一个我们不认识的人
没有亲情，没有手足
没有道德和秩序
他完了

他让爱这把火烧过了头
烧到他自己的身上
他妻子的身上、孩子的身上
母亲的身上
和我们兄弟姐妹的身上

嫂子的头疼又犯了
侄子的自闭症更厉害了
母亲的血压升高了
亲人的脾气给惹恼了

我在小说里写过很多
外遇的烦恼
但别人的外遇
没有哥哥的外遇让我心烦

对于现实中活生生的一次
我早已不用笔去杀它
而是用一个妹妹的嘴
吼着，去死吧，你

这是一个严重的事件
严重到成为一个灾难
我并不想当一个道德的裁判
只想当一个杀手

2001 年 11 月

我生活之外

比我活得更好，我不知道的
夜幕降临，那内部的光还亮

孔雀石一直在那古矿里
几千年后，我看见的

那蓝色和我命中的颜色
成为姐妹，成为相亲相爱的部分

爱和光一起走进生活
石头也走进来了

成为首饰，像词走进句子
成为含蓄的短语

我生活之外的光与爱
同那神秘的蓝色一同走进来

裹住身子，裹进生活
连毛孔也附着它的柔情

从头发到眉毛，从手指甲到脚指甲
从里到外，改变了光和色

你无法理解，我也不能说出：
颜色怎样成为奇迹，石头怎样成为爱

2002 年 5 月

以前和现在

以前我走的路，都很平坦
以前我走的路，都在生活的外面
我整天写诗，做诗人
我整天爱呀，做恋人
还常常哭，流眼泪
人们看我一脸痛苦
其实，我那时多么幸福

现在我走的路，都很坎坷
现在我走的路，都在生活的里面
我整天写字，做作家
我整天做事，做俗人
还常常笑，没眼泪
人们看我一脸幸福
其实，我现在多么痛苦

2002 年 3 月

我是这最末一个

我是这最末一个，留着黑发与披肩。
我是这最末一个，用笔写信，画眼泪。
并且看见一粒种子如何长成全新的爱。
我是这最末一个，像从没看见那样惊讶
和专注。
你和你的幻想一直忧伤。
我是这最末一个欣赏者，因为我是最初那一个
纵容蓝色的缎带飘成大海，
纵容笔下的文字预示你全部的成长。

2004 年 3 月 10 日

春天来了

春天来了。
春天总在该来的时候来。
还有那些花，
它们总在春天开。

而地室幽静的说服力，
明显于潮湿。
我仍然不会浪费雨水，
和来历不明的暗示。
那天我打江边走过，
春水已经泛滥。

人头攒动，
道路太多。
我出发，我返回，
我是自己的他乡。

2005 年 3 月

转过身来

春天走了。转过身来
爱，爱夏天，爱它的红颜，
和身体里阵雨般的蝉鸣。
转过身来
爱，爱世间的每一颗露珠，
在静止的荷叶上面；

白天走了。转过身来
爱，爱黑夜，爱它的衣衫，
和身体里丝绸般的寂静。
转过身来
爱，爱天空的每一颗星星，
在行走的灵魂里面。

2005 年 4 月

在场的忧伤

我坐着不动，像个思想者
其实，我不在思想
我只是忧伤
只是忧伤：母亲的白发
和我自己的沧桑
爱甚至不是一件往事
不是去年，去年的马伦巴
我写的字余温还在
呼吸还在
可你不在，你从我面前走过
就像东逝水
我坐着不动，像个思想者
只是我不再思想，我只是忧伤

2004 年 1 月

石头也会疼

你应该知道的：
被踩的蚂蚁是会尖叫的
走过的石头也会疼
我这么敏感
是因为世上万物都会疼
你不在，不在疼的中心吗

一些伤感的旧歌
和不断变白的头发
都是光阴流逝的部分
我怎么也无法
习惯一个爱的消失
一个人的死去

所以，我的头发在疼，嘴唇在疼
牙齿在疼，眼泪在疼
你应该知道的：
任何一个事物的疼
都是我们的某一部分在疼

2004 年 6 月

白纸黑字

第一个写字的，肯定不知道笔尖会痛；
写完最后一个字的，肯定不知道纸会眷恋。
他们说：白纸黑字，白纸黑字。

白纸黑字
是不是一场奇遇？
而我不愿意一张白纸承受笔尖的痛，
不愿意余生，成为一张揉皱的稿纸。

所以，每次面对白纸，
我都舍不得写一个黑字。
像面对无措的爱人，或天真的孩子，
不知道如何去爱，如何去疼。

2005 年 3 月

献　诗

这首诗给夜半。
给阳台上不断张开的翅膀，
给细雨中不断返回的身体，
于一小点光中，
低声地吟咏。
给微亮的萤火虫，
它的轻和缓，不似蝴蝶
在空虚的地方眷恋。

这首诗给夜半的私语，
给私语中不断出现的前世今生。
给所有秘密，无音区，
和手指无法弹奏的区域。
给眼泪，它晶莹剔透，
却仍是话语抵达不到的地方。
给灯下写字的人，
他半生的光阴都在纸上。

2005 年 3 月

消逝之前

再有几页文字，我就能度过
午夜，幽静，寂寞的虫噬
和沙漏的严谨；
再有一些泪水，我就能回到
上个世纪的雨中
和爱人的怀里；
再有一些人加入不眠
才能安慰不安的孤单；
再有一些童话，
才能找到跑丢的水晶鞋；
再有一些偏执，我就能走进诗里；
再有一些诗，才能让我的世界安心。

2004 年 10 月

岁月签收

寄给你明月；
寄给你祝福；
寄给你枕边的呢喃，
和永远听不见的声音；
寄给你落花、流水；
寄给你抓不住的风，
和看不见的人儿；
寄给你弄丢的爱情，
和走散的儿女；
寄给你苍颜、浊泪；
寄给你骨肉、尘土。
从今以后，不怨恨
只感恩。

2004 年 10 月

数时光细小的碎片

光停在前世
看见不再飘浮的尘埃
在瓷片上
如何让你明白
没有血肉，是骨头薄
纤细、脆弱
一小块一小块地
落在夜里
沉溺于无法照亮的黑暗中
从 1 到 9，至无数
自恋者无一例外地
热爱身上的丝绸
你抚摸，你无言
被白云看见：
"不是抒情的火焰，是青苔。"

2005 年 4 月

夜的结尾处

没什么危险。只是一阵风而已。
一阵大叫的风，在夏天的湖边，
在一个人的暗夜，
不能持续有梦的睡眠。
他们说：忧伤是黑色的。
我不能在回忆的路上走得太远。
"香草环绕纯洁而恰到好处。"
蔓延至你的窗前。
你不在我的生活里，
你在我的言词中，
在一场文字风暴的里面，
而不是背面。
我制造一场庆典，只为了
在它的外面，
追问、定义，
辗转不眠。
我已经老了，不会抒情了，
但仍愿意长皱纹，
直到最后的树都产生妒意。
让树叶和我的衣衫一起，
在雨夜成为注望的眼睛。
他们说：倦了，
从头来吧！
如果你愿意在天真里面，

我就在一首诗

不是结尾的地方结尾。

2005 年 5 月

变奏
阿毛 著

湖北长江出版集团
长江文艺出版社

第二辑 红尘三拍

火车驶过故乡

"37 岁是个什么年龄?"
一个低沉的声音,回荡在一间昏暗的
包间里。那时,我抽着烟,
望着渐渐变暗的窗外。
一串名字,从我的脑海里
驶过车轮:凡·高、兰波……
我的爱恋始于上世纪的
那首诗中:那些铺满白纸的
黑字,同火车一起,蜿蜒数千里。

"37 岁是一些天才逝去的年龄。"
火车离开武汉、经过故乡那天,
我正好 37 岁;
正好穿过了都市密集的高楼,
和乡村空下来的床;
正好找到了一种形式:
适合窗外暗下来的夜,
和窗内忧郁的心情;
正好,你坐在我的对面;
正好,火车慢了下来……

"大师是要活过 37 岁的。"
可是,时间不改轨道,
人老了,不得不
面对自己的孤单,

和随之而来的黑暗。
所以，我们都已活过了 37 岁。
却既非天才，也非大师，
只是用文字书写自由的
小灵魂。

2006 年 5 月 1 日

她们仨的视频对话

"你有一张特别的脸，
它的日渐憔悴让人心疼。"
"亲爱的，我也心疼，
我也心疼你。"
另一个女人插进话来：
"所有的女人都在憔悴，
所有的女人都在心疼。"
一人说：
"雨还在下，越下越大：
冰冷而琐碎。
泪水流在雨里……
无从安慰。"
一人说：
"月亮在变，越变越弯：
清冷而消瘦。
露珠掉在地上……
无从安慰。"
另一人说：
"街道在变，越变越宽：
拥挤而孤单。
人消失在人海里……
无从安慰。"

2006年3月6日

安慰一枚枯叶

我相信你没有睡着，
和我一样在山上天昏地旋。
雾气升到我的腰间又散去，
像我喜爱过的白绸裙。
遗忘的琴弦又回到耳边，
只为了让你记起那个字，
那个被风忽略的旋律。
我想安慰那枚枯叶：
安慰她，安慰她的黄褐斑和皱纹；
安慰她的委琐和莫名的伤痕；
安慰她，安慰她被雨拍打的老脸和小委屈；
安慰她嘶哑的嗓音和不再睁开的眼睛。
所以，你们为爱情幽会，
我为遗忘写诗。

2005 年 11 月

时间之爱

一支他处的情歌，
被人在这里唱起。
令我忆起一双诗人的眼睛，
和苹果般肤色的爱情。
现在，它们和音乐一起，
走进夜晚的文字里，
成为纪念，成为没有尽头的时间
的片刻安慰。
我写下的，一个，又一个字，
已不再是温柔的泪水，
是一粒，又一粒，
"令人惊叹的宝石。"
当风缓下来，书页静止，
我的心摇曳不止——
爱啊，还是爱，
永不熄灭它的名字。

2005 年 11 月

醒着的夜半

一个人，在夜晚宽大的
睡袍里，写；
一个人，在失去睡眠的
盛宴中，写。
写下咒语，或医治思念的秘方
——一个人，和她的名字，
成为另一个人的隐痛。
——一个人，和她醒着的夜半，
成为相爱之诗。
——一个人，和她荒凉的自己，
成为终身的伴侣。
在失去睡眠的盛宴中，
一个人写；
在夜晚宽大的睡袍里，
一个人写……

2005 年 12 月

远　行

你和我都不能在原处，
在原处做天真的植物，
而只能像风一样，在路上。
任途中的石子，生硬，
虫鸣般尖锐。
任古老的列车和隧道
一同组成黑暗。
我们究竟走了多远？
可无论我们走多远，都是
在自己之中旅行；
无论我们在哪里，都是
用点点暖意慰藉心灵。
像一朵朵水花，跳跃在河床里，
永不结束它流淌的句子。

2005 年 12 月

方　向

候鸟已经飞向了南方，
树掉光了叶子。
一只骄傲的黑鸟，
站在雪花飞舞的原野，
让它内心的声音
在一部《这么远，那么近》的
彩色电影里说，
"做一只孤独鸟的三个条件：
——飞得最高；
——不令其他鸟烦扰；
——嘴向天上。"
而沉溺在低处的尘埃和羽毛，
一直迷惑：
"理想混淆了名字和方向，
却消融不了生命中
最坚硬的那部分……那部分雪。"

2006 年 2 月

唱　法

轻柔的晨光，和不轻易
看见的雨雾
隔着一阵风，两阵风，三阵风……
沐浴一棵树，两棵树，三棵树……
和树上数只婉转的笛音
先是用目光，然后用手指
我也加入这合唱

它们唱的是：绿色的树上，结着金色的果子
我唱的是：白色的纸上，长着黑色的钻石

2006 年 5 月 5 日

形　式

此刻，5 月的树上，那么多的樱桃，
那么多的小嘴在唱：
爱啊，我在原地，你在哪里？

已经三次了，我收到同一个人
发的同一条短信：
露珠爱着夜晚，胜过玻璃爱着光线。

而我爱这样的早晨：
爱醒来的绣花枕头，
和它的荷叶边；
爱天光奇怪的半透明，
和鸟声不厌其烦的隆重形式。

所以，我写诗，不是在纠正错音，
是用诗歌这种形式爱母语。

2006 年 5 月 5 日

多么爱

我多么爱啊，
所以用尽世间所有的词。
以前，我用得最多的是形容词，
其次是动词。
那时候，我拥有星星
那样多的形容词和动词。
现在，我用得最多的是名词，
也只剩下名词。
昔日丰满的血肉之躯，
只剩下一张带血的皮，和一把嶙峋的骨头。

白天我写诗，是替不能再爱之人，
还原夜晚的盛宴，
是用骨中之磷，点燃星星和露珠；
晚上我写诗，是用滴血之皮，
替不能倒流的时光，
还原青春的天空和大地。
我多么爱啊，
所以用尽了剩下的名词，
也用尽了这血肉之躯。

2006 年 5 月 11 日

故　园

出行不慎：
我在一个晚上遗失了
一个世纪的浆果，和两个世纪的爱情。
半颗心在上个世纪的风中，
半颗心在这个世纪的雨里。
这是事故，被时光之海
藏匿了黑匣子的事故。
祖国的山河依旧，
而爱人的衣衫破碎，绯红消失……
哦，那些黑着脸的时光，黑着脸的阴影。
狂风来不来，你都会悲鸣，
音乐来不来，你都会哀泣。
所以，我不阻止风，和音乐，
但要阻止眼泪掉入尘埃中……

2006 年 5 月 17 日

如此不忍

这是岁月，这是镜子；
走远的青春、红颜；
和你我沧桑的面庞。
我背过身去，不忍看到
一块镜面在优雅处破碎；
我飞身离去，不忍听到
秘密伤口的孤声悲泣。
我是如此不忍——
我爱的夜被不眠的火车带走；
我是如此不忍——
一串文字的泪水淹没你的双眼。
岁月远逝，镜子破碎啊！
——我是如此不忍！

2005 年 12 月

秋风辞

一个人按捺不住衣裙，
和那些落叶；
一个人被秋风乱卷，
被薄雨湿透。
风有多无情，你就有多疑惑——
这些听天由命的树叶，
能否成为胸饰？
雨有多冰冷，我就有多惊慌——
多年前的爱情回来，
抚慰一张 37 岁的脸。

2005 年 12 月

取　暖

是谁说，"你一个人冷。"
是的，我，一个人，冷。
我想，我还是抱住自己，
就当双肩上放着的是你的手臂。
就当你的手臂在旋转我的身体；
就这样闭着双目——
头发旋转起来，
裙子旋转起来；
血和泪，幸福和温暖旋转起来。
"你还冷吗?"
我似乎不冷了。
让我的双手爱着我的双肩，
就像你爱我。

2005 年 12 月

波，浪，波浪，波……浪……

你我之间，
先是微澜，再是惊涛骇浪；
你我之间，
先是爱，继而是恨，
然后是爱恨交加。
现在是慢下来的
时间，河流，
……，和尘埃。

2005 年 12 月

极端解释

……悲天，悯人……
噢，我已经确信：

好诗不是坐在天鹅绒的椅上写下来的。

它们或者诞生于天灾，
或者诞生在医生的手术刀下、疯人的尖叫声中。

（极端注解：时间也不会这样自信：
留下这些宏大叙事或悲怆抒情，
淹没那些简短的、甜蜜的小情趣。）

2007 年 1 月 23 日

用来对比的韵脚

小鸟天生高贵：
它们说着蜜语，还住着空中楼阁，
吵闹都有美感，外出觅食都像休闲。

不像我们，
灰头土脸的在地面：喊天，喊地，
喊生活这个沉重的名字。
偶尔飞上天，却绝对是冒险的模拟。

2007 年 1 月 29 日

后现代

诗人把杨花漫无边际的抒情
抽象成一首赞美诗。

而一只叛逆的鸟，丢掉传统和习惯，
把巢筑在高压电线杆上。

它必定是喜欢这金属，这嗞嗞的电流声，
和传输电流的银灰色、黑灰色。

所以，重感官的后现代，
抛弃优雅，稀释高贵的天鹅绒血脉。

2007 年 2 月 10 日

反秩序

"不长叶子，都可以开得这么好。"

樱桃花树的粉白色，
鼓舞着诗中的反秩序——
那些主题先行的句子（多么引人注目！）

像这些灿烂的、忧郁的
母体，并不期待它的枝叶，
我删除多余的形容词。

猫已经落伍了，
她叫得那么凄厉，却仍不见动静。

在花树的芳香之中，我把这首诗
给一贯遵从传统铺垫手法的好孩子。

那些粉白色在说：
"随后长出的枝叶，只是果实的外衣。"

2007 年 2 月 25 日

批评之道

让人发腻的不是糖果，而是它们的甜，
和甜中的空虚感。

竟然也滋生一些颠覆，一些龌龊：
有人革命，有人改良，有人偷盗，有人行妓。

东厢房的主人去偷西厢房的侍女，
更秘密、更干净的偷儿，不用身子，
而用记忆，或想象。

用一些不轨的形式套住过程的狼，
时光溜得太快，
无人是赢家，所有的赌徒都输红了眼。

令一向用词精准的批评者，
也染上诗人小说家夸张的恶习：

月亮是诗人挂在天上的遗容模具，
月光是裹尸布。

上帝啊，你精心挑选的名字，
长成尖嘴，软刀子，
被风吹动，吹动它们的复数。

2007 年 2 月 26 日

诗朗诵

一直走着顺路，直到她碰到
诗的断句、刀子，一千遍呜咽；
上坡、下坡，地下铁；
蛇行、追尾；
这些还不会致命。

不要在乎一小点语法错误，
丝绸的喉咙抑扬顿挫。
……但是，上升，
一枚螺旋桨，自成高低，

……令人喘息的，台阶。
踩水车 N 次，
灌溉良田万顷。
……而一些在上升的过程中
被甩出的水滴，
跌落八方……

一群被割了耳朵的听众。

2007 年 3 月

引　力

那雨跌至最低点，等不到热度
升至高处，成为云。

更多的雨消失，等不到胸怀
荡漾……

啼哭和哀泣只清洗它本身。
"一出生就老了。"

遇到的是微澜，
而不是水滴石穿的奇迹。

大地藏匿着听话的短章，
把野心家放入高空，

只为了看它们再次跌落……

2007 年 3 月

对　立

从解开胸前的一颗纽扣开始，
一个人由关心书市堕落到关心股市。

正如这些风：
只会破坏，不会保持事物的原样；
还有倒春寒，不是歌颂之所在。

那些割麦子、叙事、搞行为艺术的人，
曾一度把诗写得牛逼烘烘的。
——他们绝顶聪明，却不懂谦卑的爱。

如此的形而上，也没能阻止
青春的月色成为狂妄之徒的下酒菜。

没能阻止大声嚷嚷的暴发户和伪善者说：
"世界不是烧饼，是账单。"

那么，来吧！
用手，用那双写诗的手，
来戳破与世俗之间的那层关系。

2007 年 4 月

个体的手工艺

小蝌蚪一出生就跳舞，
直到跳掉尾巴，跳成小青蛙，
跳成癞蛤蟆。

我不跳舞。
我用它们跳舞的时间，写了一本书：

一本舞蹈之书、静止之书。
一个心之寓所：
远离敲锣打鼓，烧香拜佛。

暗中的人用暗解释的藏身所，
吸引了我：
砌砖垒瓦，护湖修堤，最后翻江倒海。

全是一个人的天下，一个人的事。
不要圈子，也不要坛子。

当然，个体和群体是有别的。
王子变成青蛙是理想，
癞蛤蟆想吃天鹅肉是野心。

2007 年 5 月

位　置

我一向不在乎，但生活却逼着
我弯腰找。"……在哪里?"

我的脑子命令骨头
远离中心和漩涡，一个人站在一边。
这样的立场和边缘，

多了几分危险和寂寞。
"你置身悬崖，小心落入
无人俯视的深渊。"

万物都在自己的位置上一伸一缩。
不是我后退到策马前行的那一页，
是马及时地勒住了前蹄。

写作，是这一串动作中的嘶鸣。

2007 年 5 月

写火车

我写过一个人的火车，
然后，是两个人的，
最后是一群人的。

由一根茎秆长出思想，
两根茎秆长出感情，
一丛茎秆长出茂盛的枝叶，
和密不透风的世俗关系。

……南腔北调，鼻息相闻：
聊天的、发短信的、打盹的……

我一直有想法：跟火车下的铁轨
过不去，跟远方过不去。只好低下头，

先接纳那些汹涌而至的句子，
再用几个关键词统领它们。

一群人的火车，
两个人的火车，
一个人的火车。

无论是顺叙，还是倒叙，
皆出自我想要的美好关系。

2007 年 6 月

肋　骨

那条教过夏娃的蛇，
不断地在诗中出现：
"智慧，是要你们——
语言简洁而恰到好处。"

这个复眼的先知，
一出世就是超现实主义视觉艺术家：
它看到的
——是未来夏娃的很多份拷贝。

"你丢失了纯真，
可你知道了果子的味道，
还获得了透视眼。"
这是文明的代价。"亲爱的，

你是我的部分，是肋骨
当然会疼。"
后来，她们学会了穿高跟鞋，
还束了胸，跳肚皮舞……

可仍然疼。是女权救了
这些骨感美人。

写作，放逐了原罪，解放了她自己，
而束缚了一些词。

2007 年 6 月

红尘三拍

秩序已乱。……酒色、花香横陈……

"啪啪——"敲击键盘的低音，
已倦于网思想的小鱼，而网情欲的小兽。

"啪，啪。"敲门的中音，
"啪——啪——"扇耳光的高音。

两只刺猬的关系，
是刺入对方的体内，
还是各自抱着手臂滚一边去。

我击木鱼三声。
提醒翻后园而入的书生：
一切的香艳脂粉，皆是红尘寂寞，哀怨人生。

(……在此省下，市井中此起彼伏的高八度)

时代言行莽撞，是因为理性已衰。

所幸红尘尽头，有一盏幽暗的长明灯，
和一堆被诗歌颂过的傲骨。

2007 年 1 月 9 日

偏头疼

一根针，一根血肉里的针，
一根骨头里的
针，令我醒来，
令我看到窗外的初雪。在武汉的二月，
我又吃下了一百粒黑色的药丸。
时至今日，几千粒黑色，几千粒由——
羌活、川芎、钩藤、细辛、麻黄、独活、
当归、桃仁、红花、地黄、白芍、防风、
白芷、鸡血藤、附片
——作成分
由——药用炭、淀粉、单糖浆、虫白蜡
——作辅料
的黑色子弹，被我吞饮。
这是一个漫长的旅程：
由无数颗药丸去击中一根针。
这是一份无效的处方：
由春天出发抵达四季的每一个月初的痛。
"气微香，味微苦。"
一次又一次，数不清的
黑色，和黑蚂蚁死于一根针，
一根血肉里的针，
一根骨头里的针。

2006 年 2 月

单身女人的春天

……悄悄酿蜜的春天，
不停地张望。

油菜花还可以是紫色的，
她靠这份惊讶，治愈了衰弱的视力，
和孤单的性。

不喜欢老练的，
她把翅膀给了一双陌生的手。

镜头下的风筝是飞不起来的，
仅仅只能秀一小把，
电池也只够录制一会儿。

……曝光不足。

有必要将宠物归类为人，
视同于一个丈夫，或孩子。

这些被保存
在一个叫春天的文件夹里。

2007 年 4 月 1 日

慢慢撕

她唱：
声声慢。

他道：
呵，前途、阅读、转身
一切都是慢的。

众曰："要慢到哪个年代？"
我们啃老本，吃陈粮。
这没法交代。

清晨的雨滴和鸟鸣，那么悦耳，
有人还守着破损失真的旧磁带。
这没法交代。

坐在书房看书，就像农民坐在田头抽烟；
没写一个字，就像农民没种一分地。
这没法交代。

可是，屠夫写诗，
一个疯女人让她的宠物狗学开车。

——快的利齿

——它的混乱、疯狂——
将慢的优雅，慢慢撕。

快人铺了一地……

2007 年 6 月 23 日

半夜醒来

没有原因，就是醒来，
就是下一刻叫醒了这一刻，
就是这一句安慰另一句：
"没关系，睡不着就起来看书——
一开卷，那些灵魂就醒来陪你。"

"星星在眨眼，夜虫在鸣唱；
一个男人醒来，在抽烟；
一个女人醒来，在低泣。
如果在乡村，就能听见鸡叫了，
惊怵一点，就能看见奶奶故事里的鬼火。"

醒来，就是城市不能安慰乡村，
就是老年怀念童年；
醒来，就是这一段无法安慰上一段，
结局无法安慰开始。

伤口醒来——疼痛不曾睡去，
肉体醒来——灵魂不曾睡去，
今生醒来——前世不曾睡去。

2007 年 8 月 6 日

女眷

到灯塔去。她说。
爱同性，爱画画的姐姐，
顺便爱一下出版社的丈夫。

一支烟烧掉一条河，
一座阴郁的小镇。
这是伦敦多雾的原因。

更多的女性用文字
砌房子。那些阴性的
浪漫的房间里住着女眷，

老问题和新问题。
我住的房间
仍然有虫啃着发黄的书。

2007 年 8 月 29 日

在床上

做得最多的，是做梦，和做诗。
你们不要笑话我浪费了光阴。

我是一个高贵而富有的王，
用慵懒的眼神和睡姿
统治无边的疆域。

耳边是街上的红尘。
这年代，
他们喊男的"帅哥"，女的"美女"，

——这成为所有雌雄、公母的称呼。

我爱这尘世，不用语言的歧义
而用床的天真和革命性。

2007 年 8 月 18 日

无法删除的

不看后视镜，
我的心硬得像一堆碎玻璃。

斜路。侧方。一段明显的偏轨。
骨里的一根肉刺，一枚钢钉。
随着自己的性子走，
无所谓开不开花，结不结果。

若要删除，
就删除一个身体，一张肉床，一种纪念。

剩下的就是漏洞、残缺、
和半途。

2007 年 7 月 18 日

有问题的夜晚

不是我不爱这个晚上。
你看，我为夜归人点的灯，
成了飞蛾扑火的现场。

它们扑了一墙，
完全不顾我的感受，

不容我说：
我不知道这么多飞蛾喜欢灯……

索性不争辩，只坦白：
让你跌倒的，不是我失语前铺下的一张语言地毯，
是暴雨后的霉斑。

你站起来，丢下一句有问题的话，
就离开。

义无反顾，像飞蛾扑火。

2007 年 7 月 29 日

消声器

如果可以，请删除这个细节：
手指一弹，序幕拉开。

舞台上，她那么柔软，
他还是捏造了一处硬伤：

"你是我的肋骨造的，
你的荣誉也是。"

男人使劲鼓掌，
女人拼命拧大消声器。

我想做个中性人，
长在天平的正中间。

最后，请记住这样的细节：
他（她）们颔首，鞠躬，流泪谢幕。

2007 年 6 月 2 日

眼　光

缓缓翻动这本书，别抖落了
斑驳的眼光，
——它是我小心储存在时光里的
一份养料。

我靠它著书立说，
靠它长成像哲学家那样的智者，
像荷马那样的伟大诗人。

你看，这野心
和这些被软肋、硬块、
任性、不完整的诗句所充塞的狂想，
是可见的。

稗草是可见的，见于田野；
悲剧是可见的，见于人生。

不能见的，是盲者，或将盲之人。

2007 年 6 月 7 日

朽　木

阳光是冷的，我也是冷的。

不是我的身体，但至少是
我的灵魂，

变成一截老朽木。
雨可以淋湿，雪可以覆盖，但风吹不动。

昔日雄心勃勃的少年，
一觉醒来，成为生活的囚徒。

盛夏喋喋不休的蝉，此刻因寒噤声，
已无可敬之处。

更多的人，像乡风俚语：
不感伤，不忧国忧民，不书卷气。

2007 年 6 月 7 日

傍晚十四行

天就要黑了，
蜜蜂已经放弃了花，趁夜色
忙于安置它们的蜇针。

我走在艺校的门口，看见
一些眼神的海水，欲火，和毒汁
追赶一些年轻的身体。

"如果你们跟随我，
就会驱散这些不堪的暮色。"
灯光，以及无人翻阅的诗集，
虽然不说话，但有教益。

现在，我要回家，
趁夜色还没有覆盖大地之前，
写下这首不能救命的诗，
这首脆弱的诗。

2006 年 10 月

病　因

这些年，兄弟姐妹们
都到了城市，无人
去打理乡村，和破损的风筝。

桃花很快就谢了，油菜花
那么无力，像乡村
空下来的老屋。

祖坟，也疏于照料，
只在年关或清明，
才有拜祭的子孙。

……老了，我爱过的都老了，
路变窄了，河变浊了。

我在没有乡音的
都市，空落落的心里总是疼，
眼泪，成为身体的另一种形式。

这些和那些，
一并成了我的心病。

为了被医治，我不间断地
发狂，写诗。

2007 年 4 月

家 乡

货车驶过碎石路，
一个肉身的外来词，像部分的
伦理学和美学，
抚摸着乡村的面颊。

田野有许多颜色，和它的阴性形式：
大米、白菜、鸡、鸭、鱼……
去填充城市巨大的胃。
它是这些食物，而不是任何人
的家乡。

像一些奇怪的消化器，
我们吞下它们，又吐出。

后工业时代，
令那些粗糙的喉管，和细密的黏液，
也不当它是亲戚。

2007 年 4 月

不下雨的清明

春风不识故人面。

轿车的尾气，蜿蜒千里……
垃圾工的铁钳，
没能钉住几只飞舞的塑料袋，
和大把的纸钱。

风的赋格曲，万种事物的裸舞，
和心灵提问。

绕过那坟茔，那丛花，和它们的回声，
一群青年在一个盛大仪式后，
跳恰恰。

他们的舞步，和明媚的春光，
令故道上过来的人，把断魂之日，
看成快乐的节日。

2007 年 4 月

白桦树

进入抒情的高地，我只是一片阴影。

而
喉咙被白光照亮了，
脑中的词奔涌而出：
全是明亮，伟岸，和爱，……

靠着白桦树，我红帽，黑衣。
色差也没有让我凸显出来：
和高比，我太矮。
——白色树桩上，一粒黑蚁般的尘土：
视觉上连影子都不是。

但这卑微，不妨碍我
成为一架奇异的受宠之琴：
眼里是千江之水，胸中是万籁之音。

……我的诗句也亮出了秋天
的其他颜色——
仿佛白桦树叶的绿、绿黄，和金色。

2007 年 10 月 2 日

波斯猫

邻居家的波斯猫在楼梯扶手上坐着，
两只眼睛望着我，
两只眼睛——
冰蓝，或者宝石蓝，或者孔雀蓝，
或者变幻成色谱中找不到的一种绿。

这些被我从衣服上爱到诗歌里的颜色，
在别人家的猫眼里。
"喵——喵……"
两粒可爱的钻石陈列在橱窗里……

我并不曾俯身，摘取，或者购买，
但它的利爪抓了我的坤包，
还要来抓我的脸和头发。

正是优雅，或一脸的道德感，
使我们疏于防范。

2008 年 1 月 3 日

大雪天和一列安娜的火车

他们在哈气，在道路拥塞的大雪天，
忘掉了童年的红脸蛋和长鼻涕。

你堆的雪人不是拷贝，
它拥有时间的私人性质：

两粒女人的纽扣做的眼睛，一支唇膏做的鼻子，
爱上了雪，和一个男孩的变声期。

穿黄褂的人在铲雪，
公汽里，穿羽绒服的女孩在接听

一个来自热带海滨的电话：
约定一场雪花飘飞的婚礼。

冷手无法弹出钢琴的动物性
——我单身的女友，低声啜泣：

她已开出一列安娜的火车，
却找不到托尔斯泰的足迹……

如此雪天，我不私奔，只想好好地爱一个人，
或者写一首流传千古的诗。

2008 年 1 月 15 日

夏　娃

一根被随手卸下的肋骨，在昏暗处生锈，
被看一眼就流泪，

被抚摸一下，就发出嘎吱声响：
影子走过旧木地板，很快就坍塌。

那根肋骨，和丢弃她的身体互称为爱人，
从创世纪到现在，和将来。

多么脆弱的爱人，通过性生活，
流汗，治愈感冒和孤独。

世界还是太无聊、太贫乏，
致使更多的人，生而为敌。

“妈妈，我不要婚姻。
橄榄花冠，也掩饰不住彼此的杀机。”

2008 年 3 月 23 日

艺术论

一天到晚，我看到的都是：
衣橱和镜子，电脑和书柜，厨房和鞋子。

"这是房间的小视野。你的气场不对。"
一位回国来的画家对我说。

"你看对街的歌厅、洗脚城，生意红火，
而斜角的书店门可罗雀，好卖的只是流行读物。

到处都是低俗文化，尤其在脏、乱、差的地方。
高雅没有土壤。你何以在金字塔里写字？"

我考虑了一整天，把理想主义和唯美主义者
用于杀纸的笔，送进了典当铺。

2008 年 1 月 10 日

艺校和大排档

她们有的跳芭蕾，有的走猫步，
有的练嗓子：通俗或者美声，
——对艺术的爱，把她们推上了前台。

而多数时候是清唱剧：
"我爱唱爱跳。
身体里怀着无数个愿望，灵魂里含着苍穹。"

请记下这样的台词：
"我的双目触及的，都着了火。"

"妈妈，大排档里，那些
调情的人，怒吼的人，
喝酒、划拳、斗地主、斗殴……的人，
先输掉了友情，
接着输掉了爱。"

那些搞艺术的学生，
在俗事面前，
像雨天的向日葵收敛了花盘，
将花序、斑点和供它生长的原野掩盖，
然而……流露出一份天才的无力与忧郁。

一个在艺校与大排档之间测量步距的诗人，
终其一生，

只为了临终前挑选一两行诗，
作为这个世界的墓志铭。

2008 年 1 月 18 日

从茶馆到书店

茶馆里的说书人，早不爱章回小说，
而擅长黄段子。

人人都学会了在故事的关键处打住。

这真没趣。我不想听，只想看，
去看一群不发声的灵魂：

……美载于纸端，历经千年，
仍熠熠生辉。

我对自己或他人有新认识：
在生活面前，天才有一副疯子或愚人的面孔。

……他枕书而眠，即便瞎了，
也能翻译《荷马史诗》。

2008 年 2 月 9 日

向晚的艺术

我曾穿着七种颜色的七层薄纱，
跳舞，跳乱了无数双红舞鞋。

现在，我累极了：步子慢了，重了，
已经跳不起来了。

身体丢掉音乐和舞蹈，
灵魂拥有诗歌和绘画。

我拥有九条命，
来挽救生活，和向晚的艺术。

笔尖变秃了，刮刀变钝了，
颜料就要变干了。

我已经不会哭，
但双眼已经开始模糊。

2008 年 4 月 12 日

临 摹

雨没完没了，
落叶在地上飞。

告知这秋天颓废、无节制，
蜘蛛也有心脏。

身体好的人，
应该快点去远方。

去找"丝绸的哨音"，
鼓舞冬天把春天带来，

把稀有的绣花带来。
给写书人作插图，

作主人公的嫁衣，
让尘世的女子照样子穿戴和爱。

2008 年 11 月 7 日

秋　歌

你可能对秋天着迷，
但雨会打湿你诵出的诗句，
让它长出青苔。

我这儿，
有墙体，有阳光，有轻音，
在空白的纸上。

来，诗人，
你用壁炉把湿句烘干，
我来唱。

两个人相互不看，
两个词挨不拢，句子断开，

——这秋天，
不听颤音，
任孩子和树叶跑得飞快！

2008 年 11 月 7 日

被折断的秋季

"……以前穿什么都发光，
现在穿金子都不发光。"

她从独白的半小时后，
抬起头来。

门外是括号——
秋天被拦腰折断了。

一部分是夏天：
阳光，和耀眼的露脐装、三点式泳衣；

一部分停在秋天：
眼神如旧衣，有腐败之气、决绝之气。

她跟我一样清楚：
边缘者不会到喧嚣的中心。

她亦不看我写的字，
只在一边继续独白：

"……我要把这断口
磨成尖锐的哨音：

让身体去暗淡，
但要让嗓子嘹亮。"

2008 年 11 月 10 日

提线木偶

早晨不读诗书，
中午不背历史，
晚上不弹琴。

学龄儿童做提线木偶，
明天美术课的木偶剧：

有人提线，
有人旁白。

天真的手势，稚嫩的童音，
罩住木偶不变的表情，
和诙谐的四肢，

"敬个礼，握握手，
你是我的好朋友。"

木偶不能玩陀螺，
儿童不能写爱情小说。

我锁着精美的书、碟，
等他长大。

如同父母藏着他们的背离，
等孩子长大。

无需提线，
他们自己唱，自己走，

走过变声期，和感情森林，
碰到的狼外婆，

经多次美容成亮丽的女子，
和蛊媚的狐狸。

母亲身上掉下的肉，被她们
以爱的名义，叼走了……

木偶成为真人，
成为成年人的聊斋。

咿呀，木偶！爱人，贱人！
用针扎一扎，疼不疼？

我非但拥有一个作家的一支笔，
还拥有一位母亲的十万根胸针！

2008 年 11 月 29 日

途中的美学

困。她困，
困在旅馆里，抽烟、写诗：
爱过的人飞蛾扑火般地跟过来，
穷途末路者来笔下求生。

睡觉前，洗漱城市的口腔里
长着的两排老街，
吐出珠宝首饰、笔墨纸砚，
单单留下香烟盒。

"卖男孩的小火柴"
（是有着切·格瓦拉头像的香烟盒）
和她的露背装一样突兀。
十岁的儿子跟过来，她回首呵斥：
少儿不宜。

"知了，知了，知了……"
——众声一调，尖锐并不重要，
但突兀必须，
这是她一贯的美学。
一个人被爱毁了，
但可能因美而得救。

卖男孩的小火柴，
从时装里跳出来，裹进铁质旗袍里，

咔嚓作响。

床着火了，笔在流泪……
困。她困，
困在途中，她爱的美学里。

2008 年 8 月 3 日

玻璃器皿

它的美是必须空着，
必须干净而脆弱。

明亮的光线覆盖它：
像卷心菜那么舒慵，

或莲花那么圣洁
的样子。

但爱的唇不能吻它，
一颗不能碰撞的心；

被聚焦的夜半之光，
华服下的利器！

坐不能拥江山，
站不能爱人类！

这低泣的洞口，
这悲悯的母性。

你们用它盛空气或糖果，
我用它盛眼泪或火。

2009 年 1 月 3 日

我们的时代

螺丝松了。
机器坏了。
爱变味了。
……所有的传说皆来自身体的荡漾。
深入花朵和树木也找不见
上世纪的天真无邪。

哲人说："写诗是最清白无邪的事业。"
解读者引申："做爱也如此。"
我写诗时充实，
做爱后空虚。
所以，我终要让游移的词
在纸上住下来。

那让我们痛得最深的人，
会在绝笔中出现。
年青时匕首般锋利的短句，
年老时绵延成回音。
……不是我的眼神迷离，
是一个时代的醉生梦死。

2009 年 5 月 20 日

孤独症

歌曲哼完了，
频道搜遍了，
书页翻卷了，
床榻睡晕了，
衣衫倦怠，
头发一团糟……
嗨，很久没写惊人的句子。
你发来短信，
我在阳台上剪去多余的花枝，
向外抛。

2009 年 5 月 23 日

剪

她一直在做的：给鲜花除草，
给句子除词。

顺带剪掉枯枝败叶，
删除形容词、情景句，

甚或剪掉某些章节，和生养它的
旧日子，但她

剪不掉旧日子的黑白，
和弥漫的眷念；

剪不掉句子中的梁祝，
和彩蝶满天。

剪不掉内心中的荒原，和
荒原里的风声。

磨刀霍霍，气喘吁吁，
头发撒落一地——

几缕成为鲜花，几缕成为利剪；
不断地剪除，不断地绵延……

她有花香和隐忧，
我有佳文和剧痛。

2009 年 5 月 31 日

卷心菜

她裹紧白色或淡绿色的
蕾丝裙，站立或躺倒的样子；

她的褶皱，她的花边：
在光线中，在橱窗里，

在我推敲的句子间，
俯首卷心——

白纸上一卷叶绿素的
菜质布匹和标签。

午餐时间了，
中年不饮中午的酒。

我满目慈爱地剥掉它的
多层裹裙，一刀数片；

以平底油锅爆炒
卷心菜。

像倦慵以诗行问候午安。

2009 年 5 月 31 日

编 剧

张三、李四、王五……赵九，
他们的出生带着母胎里的羊水。

我坐在一旁，
看他们站立、说话、羽翼渐丰。

看活着本身逼他们
进入生活的套层……

玻璃器皿的血、泪，
洗不净手。

我的墨汁沾上的不是优雅的诗意，
而是苍生的泥泞：

事业、爱情！
嘘，别吵！静心听听莎翁的戏剧。

狂癫之人在舞台和生活的接合部，
朗诵了几句诗就开始胡言乱语。

面对醉生梦死的时代，
我已无法提供干净的剧本。

更多的人
死于纵欲。

2009 年 6 月 4 日

速写午间小区

树巅显摆风，
燕子呢喃琴键，
我在阳台上敲着手提，
老嗓子在清唱国粹，
兰花指在转动门匙，
保安打哈欠伸懒腰——
偶一巡逻，偶一日光浴。

开门、关门；停车、开车；
他的油门，她的脚后跟；
夫妻拉扯一把钝剪刀
撕婚姻的布。

我天生爱布，也好手刃布匹。
但端午节那天，我失约，
没去破布街淘碎布缝舞衣，
在书房里呼文唤字！

现在 13 点，耳根清净了：
风浪之下的海底，
小区成为珊瑚，我成为定海针。

彩布飘飘，
长短句是深海里的救生艇。

2009 年 6 月 5 日

致再婚的朋友

黑夜擦根火柴。

你松开发汗的手心，
壮着胆子唱歌，走路。

白昼替上不熄的灯。

一堆碎玻璃闪烁着
不成形的光芒。

她容貌甜蜜，身藏利器！
——一枚纽扣变成子弹！

我在你的新欢面前，
穿着旧衣。

它夜半跑到我的诗里哭泣！

2009 年 7 月 17 日

她 们

被混乱的生活
逼迫，
皱纹像版画里的硬线条。

内心柔弱、释然，
如天然的双生：
羞怯的处女，博爱的神灵。

早年在祖母的纺织机前
编织一双高飞的翅。

晚年在书页的呼啸间
寻找一处静谧的坟。

此刻，她坐在角落里，像暗光中的
一件旧物：冷淡、高贵，
带着末世的颓废。

"这一生，我写下的，
全是孩童口中天真的句子。
但听起来，既像宿梦，
又似先知。"

给她的墓志铭，

她视若未见，很快
成了她面前的一堆灰。

2009 年 7 月 31 日

爱情病

一道道闪电
劈开身体；

很快变成绣针，
将战栗缝合……

到处都是疼痛，
而心尖的疼为最甚。

再次的闪电，
已变成再次的剖开与撕扯。

雷声
不断追逼：

不过是丝绸被扯裂；
不过是天空抖动它过分的忐忑。

无处躲避，但有药可医：
只等时间送来好天气。

2009 年 1 月 5 日

不断飘落的雪

我能从石头里
唤出一个灵魂来呼应它的纯洁

却无法阻止身体里
不断出发的火车……

2009 年 12 月 28 日

独角戏

亲爱的，本来是两个人的戏，
你让我一个人唱。

本来是两个家庭的事，
你让我一个人担。

本来是一个国家的事，
你把无数个国度给我。

本来是灵魂的事，
你把肉体给我。

本来是大地的事，
你把天空给我。

本来是芳草的事，
你把天涯给我。

本来是海洋的事，
你把海啸给我。

本来是地震的事，
你把尸体给我。

本来是医院的事，

你把葬场给我。

本来是尘土的事，
你把墓碑给我。

……黄沙漫过来了，覆盖尘土。
亲爱的，独角戏也要唱完了。

2009 年 2 月 18 日

高大的白杨树

一段美妙的时光：
文字与电流押韵。

她因兴奋
而用了太多的行内韵。

藉此明白：
高处的树枝会因微风而簌簌作响。

进而制造
美丽而无害的风暴：

是以动制静，
更是在动上跳跃。

看啦！这首诗成为白杨树梢
更疯狂的那一簇。

2009 年 9 月 15 日

致春天

秋天在开时装发布会，
到处都是她的 T 台。
我被打扮成沧桑的美妇
或斑驳的坟墓。

爱不到春天了，
这四季的初始、人类的童年，
被一条叫过去的虫蛀空，
只有油画挂在眼前。

你呀，离我那么远，
让我此刻写下的文字
望梅、画饼。
但我是被安慰的：

两手空空，好过双眼迷蒙。

2009 年 9 月 19 日

流水账记录群像

我把笔下的稿纸
当书桌上的老版日历，
写一页撕一页。

树叶堆积的流水账，
我不公开也罢。
只是我的人生
固执地要以书页
制成的胶片放映。

"我在你的身上看见了自己。"
"它不是我的自画像，
而是我们的、你们的——
以模糊的字迹或失真的声音
留痕：

我们谁也不比谁更幸福或更痛苦，
我们一样的庸常或高贵。"

我首先是个体，
其次才是群体，
最后才是一代人的近处和远方。

2009 年 9 月 22 日

秋天铺下纸张

秋天洒落它
金黄色的灯心绒叶片、天鹅绒
脸庞。

她铺下余生的纸张，
看另一些冬天、春天、夏天
和秋天如何到来。

这么多的树叶，
像人生被卷走、被浪费。

她飞速写下的，
及不上缓慢飘落的：

柔软、眼泪、碎石
针尖、麦芒、刀片……

皱纹变成水波，
她遗留她的绝笔。

2009 年 9 月 23 日

奔向远方的铁轨

棉布背面的丝绸衬里，
不相称的结构与缄默，
匪夷所思的图案：

爱人死后的骷髅，
它借助的光线，
比针尖锋利、寒冷。

走在铁轨上的人，
被手提箱中的爱恨、
生死教育。

一件私奔的行李，
变成一个别致的
潘多拉盒子。

肉体被锁，
灵魂就势铺乘远方——
一个赴汤蹈火的前途。

2009 年 9 月 27 日

题　献

在亲爱者之间
竖一面隔扇。

永远不要裸裎，
要隔着衣衫。

他人的迷娘曲，
是我的咒语。

不要咖啡因，
要爱得更缓更空，

接近于停止与虚无；
不要做任何标记，

倘若一定要留下印笺，
就在用心写成的书上，

于卷首或卷尾的
空白处婆娑：

你我虚度的一生，
被文字纪念。

2009 年 9 月 29 日

谋杀至爱

黑暗中的幻景，
吧台后面的镜子、发光的面具：

在细处、在道具的枝丫间，
妆容闪现——

你是那必然隐身的侦探。
月黑风高——

有人杀人，有人写诗，
——句子如探案般缜密。

谋杀至爱。亲爱的，
这句子利比尖刀，但可避开。

怕只怕，持暗器者，
令你来不及闪身。

令你的一生，
以一份清单结尾。

2009 年 9 月 29 日

总在做的梦

早晨并不总以鸟鸣开始，
光线会在窗帘上提示。

亲爱的，你要叫醒我，
不然，我就会一直在梦中
做考题，或者死去。

我会在水波和礁石间
跳跃俯冲，让露珠把
最后一页经书打湿……

天书，成为天幕上
闪电的字迹。

随处皆是他乡、前世，
却找不到立足地。

我会飞，一直飞，
形销骨立，无枝可栖。

黑夜里顶着黑雨、黑锅飞，
直至黑土压顶……

暗哑的喉咙喊不出——

救命的哭词，
或告别的绝句。

2009 年 10 月 4 日

境　遇

上午在擦玻璃，购物，安居。
下午在女性主义栖居地。

她们优雅，她们叽叽喳喳。

那个抱膝的女人，
抱着太深的伤口，一言不发。

她望天，
蓝玻璃被白云划裂……

2009 年 9 月 20 日

白领丽人

她从门外进来，
风暴遗留在她的发上、肩上
眼睛和唇上。

后工业时代的
写字楼，人影重叠。

她走过，
一阵带香的轻盈的穿堂风，
有风暴的末梢和书卷味。

她把闹市和琳琅满目的商品
关在门外，面向有待
翻阅的文案。

她坐下时，座椅代替
高跟鞋旋转起来……

这样或那样的支点，
以她们的身份，
来告诫我的文字。

2009 年 9 月 21 日

诗人视频自拍照

像出门前正衣冠，
她在电脑前视频自己：

一个陌生人吞下烟火，
和江山，

把血吐成口红和墨迹——
一个沧桑的人抬手

敲下的文字，
等同于穷人发掘出钻石。

炫光来到头顶，说：
我一直在找你。

要你去照亮暗处，
和长增生的白骨。

2009 年 10 月 6 日

闪光灯

"咔嚓，咔嚓。"
不是在剪西窗，不是在剪乱麻。

"咔嚓，咔嚓。"
不是在剪碎玻璃，不是在剪软铁丝。

"咔嚓，咔嚓。"
是日月相叠那一刻，是日月相离那一刻。

"咔嚓，咔嚓。"
是疯鸟跳断了树枝，是红舞鞋掉在地上。

"咔嚓，咔嚓。"
是左胳膊扭断右胳膊，左腿跪向右腿。

"咔嚓，咔嚓。"
是生活给诗歌提供象声词。

"咔嚓，咔嚓。"
是我用文字拍下生活的叠影。

我多么爱你啊，生活！
所以，不停地"咔嚓，咔嚓……"

2009 年 10 月 6 日

改旧诗有感

很不幸，爱赋予我的诗句
过于忧伤

我要给它们钉上铁掌
让它们走起来咚咚作响

要让它们喝骨髓汤
跳踢踏舞

我要让它们的踢踏步
比时间还无情还快速

还要音高八度
或于无声处

让流水变铁盘
敲岁月的木鱼脑袋

2009 年 10 月 11 日

纸上铁轨

火车以它的尖叫声
代替了别的呼啸。

但聋者却从漂流木做的
笛子里听出苍凉。

盲者望天，泪水凝成的冰雹
砸在铁轨上：

"哐当，哐当，哐当……"
节奏紧似产妇的阵痛。

"我还没出生，纸上就铺满铁轨——
安娜们捐躯，诗人们跑断钢笔。"

所以，我不停地奔跑在铁轨上
就是为了生下永生的你。

2009 年 10 月 13 日

火车在纸上轰鸣

外省的回音从隔屏处传来，
试图分离她诗句中的现实感。

距离感、漂泊感、异质感……
离间烟火味、形而下。

没关系，因为荡漾感染了
她写的单节短诗；

没关系，因为疼痛通常
由想象力来治愈。

有微澜并极富音乐性，
有颂词并极富文学性。

所以，树枝拍打树枝是优雅；
尖刀刺向自己是高贵。

她搜集在纸上的轰鸣，
是天籁，亦是铁骨破肠的声音。

2009 年 10 月 4 日

夜间北京

不知道她们到哪里去了
不知道他们从哪里出来

我在夜间的北京
燃自己的灯

人们没有慢下来
车开得比白天还要快

我还没有睡
还在诗句里看

一个人如何把闲置的手电筒
打造成探照灯

2009 年 10 月 17 日

艺校一景

甲的目光
被锁在乙扭动的杨柳腰上

丙的双耳
从丁的高音的绝壁处掉下

老教授的咳嗽声
抵挡着芭蕾舞者的足尖

"门前大桥下，游过一群鸭……"
童音从琴房溢出

越过……高低杠上的上下翻

我的诗眼
被绣针在玻璃上划了几下

2009 年 10 月 18 日

状态：风在吹

风在吹
风车静不下来，像青春期

铁皮招牌咣当响，像高跟鞋
风在吹

飞机剪条蓝丝绒，当发带
风在吹

树枝掀起采石场的巨响
砸向单独者的胸怀

汗毛竖起防护林
身体成为罐装沙尘暴或大海

而磐石由狂风培育

2009 年 10 月 18 日

输入性 H1N1 流感

嗓子发炎——
断了唱针的唱机

从晚点的国航飞下来
被查体温的报警器逮着

——隔——离——

流感了，失事了
他们找啊找啊

着陆的病毒藏起的黑匣子
在每个人的体内

只有一部分卫国者
才获得了免疫权

2009 年 10 月 11 日

在图书馆伐木

用钉子钉脑子在书里
将心脏固定在缪斯胸腔

枝形吊灯
晚香玉和羊皮卷
笔记本里刺绣——

……南瓜花编织繁星
丝绸斗篷顶着所有死亡

身体外的清明上河图——
人群，一座繁忙的蜂巢

我要葆有的姿势
需要一阵秘密嗓音的安抚

无需披风和十字架
为了文字的厚重
我砍伐国图的桉树

2009 年 10 月 20 日

移　植

你血液里的
针尖

刺绣
皮肤上闪现生活的泪

我把一面铜镜
由回廊移植到文字里

保留
它照见过的悲观与生死

2009 年 10 月 9 日

现　场

昨晚我又在梦里，整夜
寻父

浸着血的石子、沾着灰的豆腐
看我

看在车前草中寻儿的祖母
和常年问占的母亲

无人告诉我父亲在哪里
血衣被晾成旗子

针在血液里游走
女人多出的那个伤口缝补了我

我已是母亲，过不了
多久，也要做祖母

养下满世界做了父亲的
男人

2009 年 10 月 8 日

剪辑火车和水波

火车跑断了……
钢笔疲于在纸上奔忙！

蓝色的小碎花被画家点成
诗者的披肩；

……水波再次抚弄
疯者奥菲利娅的头发。

漩涡酿成风暴，
花瓣将爱者埋葬！

我的闪光灯被旁枝别蔓所缠：
火车向我索要铁轨，

水波向我索要墓碑。
给你这颤抖的笔——

在一列奔跑的火车上，
写出最好的作品。

2009 年 10 月 2 日

第三辑　我在这里

这里是人间的哪里

子宫一定是一个可爱的迷宫

所以，我们一出生
就爱上捉迷藏，就在寻找隐身术

可又怕不被找到
所以动一下厚窗帘，发一点小嘘声

被找得太久了
就干脆蹦出来

吓人一跳——
"我在这里！"

我在这里！这里是哪里？

2010 年 11 月 12 日

一代人的集体转向

以前
爱一个人
可以放下尊严，为他去死；

以前
可以倾尽世间的白雪
仅为他成为最英俊的王子；

以前
可以铺张一千零一吨白纸
写满黑字，仅为他住在那里……

现在，我们只想：
好好爱自己、爱亲人
茶余饭后再爱一下全人类

2010 年 11 月 16 日

发明一个童话世界

为了发明一个童话世界
我下了太多的雪

太多的雪拥着冰美人
黑发红唇，穿红衣

穿红衣的冰美人
黑发舞剑，红唇写诗

红唇写诗
写一首冰天雪地的诗

冰天雪地的诗里
王子正骑着白马赶来

骑着白马赶来
王子不懂诗，白马更不懂

不懂诗，但不妨碍
他们幸福地奔跑在雪地里

2010 年 11 月 25 日

感恩诗

暴雪时节，故人不访，
新客频至。

同行冻坏了脖子！

我以文字下酒，
以酒压惊——

有人在隔世的年饭
晕倒——

翻白眼，休克：
被打120，被掐人中……

……在诵诗声里，
回忆死亡的两分钟——

短暂的空白后，

是新至的暴雪、矿难
和地震……

是救命恩人掐回来的
一个诗人的全部，

和全部之中
加速破碎、倒下的全部！

2010 年 1 月

忍(不)住

我站在风口，
风车在风里旋转。

世界是不完美的：
它的眼里有沙子，爱里有针。

我不管流水了，
我要管好这些落花。

用剪刀
对付一团乱麻。

光阴无情啊，
必须忍住对它的思念；

必须忍住
用诗句去戳暗伤；

忍（不）住眼眶的泪汇成流水
照落花。

2010 年 1 月 5 日

身体里的一些鸟

它们时而欢叫吵闹
时而搔痒痒，啄我内脏

但更多时候，像些乖宝宝
酣睡、休眠

过一段时间
我就要吼几声

惊醒它们
让它们飞出来

舞落露珠
歌断白云

2010 年 9 月 17 日

孤独啊

满怀前生今世的爱，却没有一个受爱者，
或者说，没有一个与之匹配的爱人。

写有万千情书，却没有一个收信者，
或者说，没有第一个或最后一个读它的人。

而爱与写作永无终止……

2010 年 9 月 18 日

皮影戏

我在前面看皮影
你在后面看人影

……后来
我们坐到一起——

"排排坐，分果果！"
这样天真的座次

保留到青春期：
"一个人的骨骼在舞！"

……风打掉了舞棒……
影子止住哭声

打掉了我们的前世今生

2010 年 11 月 7 日

晚 景

她靠在花园的环保椅上
小睡

嘴角滑落的口水
掉在老人斑的手背上

风儿抚弄白发
像爱人帕金森的手指

阳光裹着她
如爱人生前的怀抱

……她醒来
尚在人世

而那场暴雨里的爱
早已是前生

2010 年 11 月 8 日

致亡父

昨天的山毛榉
昨天的皂角树

……不能呼吸的春天和秋天

死如磐石

我爱了七七四十九天
七七四十九年
七七四十九……

死如磐石
死如磐石，从不开口！

2010 年 10 月 31 日

伊斯坦布尔

我们坐在海边，海鸥坐在海上
我们享受吹拂，海鸥享受荡漾

古城堡享受斑驳，老皇宫享受奢华
皮服享受抚摸，珠宝享受觊觎

欧亚大桥享受连接，远航货轮享受畅通
大巴扎享受小智慧，舞娘享受性感的舞姿

流浪猫享受天上掉土耳其馅饼
解说者享受自负的民族主义口吻

我们惊叹两次：
一次为天赋之美，一次为人为之悍

2010 年 12 月

从早到晚的日光

灯在曙光出现前
成为余夜的花边

然后，太阳接替灯盏

早晨八九点钟
中午十一二点钟
晚上六七点钟

然后，月光接替日光

影子默念歌谣
爱了人的一生

我手中的光线越来越短
越来越谦卑，安宁，缩回内心

2011 年 2 月 9 日

挽　歌

我不能写字，也不能看书。
太多的逝者在书页间——

"披巾上满是白雪，
睡梦里尽是乡愁。"

陪伴的雨点，和火焰
彻夜舞蹈，彻夜燃烧

夜色里的身体熄灭一吨烟：
"疼痛翻一下身，还是疼痛!"

饮者，倘若这是最后一杯，
诗者，倘若这是最后一首。

——最后一杯，是第一杯的异域；
——最后一首，是第一首的墓地。

2011 年 1 月 4 日

我——爱——

我爱没完没了的雨
胜过急躁的阵雨；

我爱雨中的伫立
胜过雨中的奔跑；

我爱雨后
樱桃花树的颓势——

褐底白色的碎花裙
滴落的眼泪与乡愁；

我爱一步三回首
胜过等身长叩；

我爱临别的不舍
胜过临盆的喜悦；

……像从没爱过一样——
爱所有旧的或消失了的！

2011 年 3 月 22 日

我所有的睡眠

我所有的睡眠
都给了黑色丝绸或粉色丝绸
覆盖的梦

不和谐留在风中——
妖媚的樱桃树
和它枝下带折痕的灰衣

连同镜中之物——
孩童摆弄着蝴蝶结和风筝
小草摇头晃脑顺应风的波浪

都在梦外，仅留——
剪破大海的航船
塞壬歌唱中的甜蜜和沉溺

……以人鱼的双脚
和你爱恋的黑丝、我拔掉的白发
裹起来，裹起来

2011 年 4 月 8 日

编筐装雪

——飞雪漫天——

我要这旅程装下这颠簸
我要这容器装下这疯狂
你避开这火焰
你逃开这歌声

——你不懂旧雪里的爱
如前世的藤蔓——

我要这颠簸的旅程
我要这疯狂的容器
我要这火焰中的诗人
我要这歌声中的爱人

——飞针走线——

用文字编筐
装下这些爱，这些藤蔓

2011 年 5 月 3 日

病体写出最美的诗句

一个拖着病体的游神

坐在火车上
车窗外的童年在追赶

一根细针在血管里，扎——痛啊！
爱吧，再不爱就来不及了！

而我一直爱自己——
爱自己痛苦时写出的最美诗句

（秘密，不会被重复）
"所有的人都以自己的方式享有盛名。"

战栗像一阵穿堂风

2011 年 6 月 9 日

有　别

我已经在三千米的高度歌颂过晴空
和棉花堆

现在，我以三千米的深度歌颂宝藏
以提高八度的尖音歌颂沉睡的光芒

天与地有别，棉花堆与宝藏有别
你与我有别

上天腾云，入海捉鳖
别于中间

别于赞美，别于安魂
别于性别

2011 年 6 月 10 日

树阴下的舞蹈

闪烁的光影
成为披在身上的蕾斯斗篷

她抱着风
肩上抖落钻石和时光之灰

猫在石质经卷上
卧眠

鼾声
成为她曼舞的鼓点

所有的面影，所有的腰肢
所有的足尖点出的盆地

长出天生丽质
和一簇簇闪电的利箭

从摇曳的光斑中
刺过来……

2011 年 6 月 12 日

自画像

书里高贵的公主
风中卑微的飞蛾

被迫攀岩、跳跃
惊出一身冷汗
——在梦里
生活也没有好脸色

我流浪到海上，看见那么多
与大海分手的波浪
消失在沙滩上

像黑洞
拒绝或吸收所有的光

一种因美而生的绝望
坚定着我的航向

2011 年 8 月 27 日

双人床

一张洁白的毛皮床单
一对洁白的毛皮枕头

柔软、温馨、甜蜜——
我们曾经的双人床

竟铺满
触目惊心的碎玻璃

心碎成渣的夫妻或情侣啊
不规则的伤口和尖锐的疼痛

被玻璃渣的多角度无情折射
连时光奇怪的脸也一起刺碎

每一个褶皱里的叹息与申诉
每一片碎痕处的忧伤与绝望

再温软的毛皮也无法遮盖
一床的碎玻璃渣

2011 年 3 月 8 日

绝　句

雨中断句
是最深情的句子

床上絮语
是最艳情的句子

晴天霹雳
是最无情的句子

而这一切都不敌
临终前的一个眼神、两滴眼泪

2011 年 3 月 20 日

俄罗斯印象

火车与雪
我走在童年看过的电影里

教堂与诗
受洗的灵魂和身体

决斗的英雄
跳舞的白天鹅，唱歌的卡秋莎

新娘的超长轿车
代替女皇的豪华马车

（她的婚妙白胜雪
长似火车）

我称出门的少妇"安娜"
写诗的母亲"阿赫玛托娃"

2011 年 8 月

回故乡

不见旧时堂屋筑巢的燕子回来
只见乌鸦睁着寒目呆立

翁妪神情空洞迷茫
孩童痴迷手机游戏

无人瞥见我鬓发斑白
亦无人笑问客从何处来

唯有空屋里的一只老鼠跳来
伴随我拜祭爬满野草的坟茔

亲爱的老鼠，老猫不在了
它的后裔也不抓你了

你没有好玩的伙伴做游戏了
我也没有亲人为我送行

夜色降临到蝉蜕的空壳上
我们就此别过

2011 年 9 月 4 日

血管里有一列火车

我的血管里有一列火车
沿着天生的线路图奔跑
童年挖的隧道、弹坑
不是荨麻疹

祖母静脉里抽出的血
救了路人，却疏了至亲
身体里漏出的飓风
成就了途中的摇摆——

由潜江进沔阳
祖母带来雕花婚床
四岁的伯父
由天门北山送人
后从台湾归来——

寻亲，未果
两月后，未见伯父的
奶奶走了

——火车还没进站——
回家的人啊，你们上来！

2012 年 5 月

萤火虫

没有奶奶讲鬼故事后
萤火虫也绝迹了

我跟孩子讲记忆里的
萤火虫，在夜里

一群故人以骨骼
弹奏动听的歌曲

我双手掩面
从指缝里观看跳动的磷火

或以广口瓶
装入一盏盏闪烁的萤火

"这是我听到的最美的故事，
但是鬼在哪里？"

"奶奶的鬼故事里
没有鬼，只有灯火！"

2012 年 7 月 29 日

镜子上的雨滴

阳台上看书
一群雨轻轻拍着雨阳篷
像童年叫着奶奶

奶奶给绣花的姑姑
织嫁衣

父母的翅下护着我们小人类
噼里啪啦长大

"不同的年月，不同的雨天
以同样的方式离世！"

我的文字打湿
祖母的故碑和姑姑的新坟

镜子上的雨滴，满头银发
披着祖传的婚纱

读诗，弹古琴——
以童音珍存
岁月和它的伤痕

2012 年 11 月 20 日

树　叶

石头砸石头，我喊我

以骨头传声和以空气传声
迥异

前院中难看的栅栏
换一个角度是现代

有风时，我当你是铃铛
有光时，我当你是镜子

而此刻，你是整个当代

2012 年 2 月 11 日

独　语

失眠的房子在说话——
"月光、皮肤和骨头，连着树枝，
牵着内心最深处的恐惧。

"一直过分关注细枝末节而非社会责任，
或者相反，
都具偏执或颠覆性。

"为一个人的诞辰或祭日购买花束，
仅是礼仪，
而非戏剧。

"通过一朵落花或一块陨石，
讲述时间的流逝，
亦无意义。"

别责怪我的笔调比失眠者的语气更冷漠——
必须找到一种新方式
去看待爱、哀悼以及衰老

2012 年 2 月 22 日

双　生

有不计时的硝烟弥漫……

而我等待正午的玫瑰
慵懒优雅地抬头：

"诗人，我在梦中朗读你的诗——
它用我的鲜艳
点亮暗淡的生活！

你和我一样——
以年轻喂养了梦境，
喂养了梦中的诗句。

就让它替我们开放，
我们替它枯萎！
我们是双生，我们是一体。"

这些话被时间拖入更远的时间——

2012 年 4 月 19 日

抒 怀

蓝色天空
溅出它的水晶光线

微风有少女的羞怯
或酒红

鸟儿于树梢
以多声部歌唱

我幸福的样子——
闭上眼睛或佯装不见

啊，春暖如斯！
可以不手舞足蹈

可以不保全玉
但要保全青枝上的花蕊和露滴

2012 年 3 月 12 日

天　上

青春荒废了
不是草坪

雨后疯长的绿色
放回童年的黑白电影
一瞬间卡带失真

一枚纽扣长成不会褪色的
花朵和骨钉

在过道，或风口
或你必然的去处

蓑草连天
天上有星星
天上有白云，或白内障

2012 年 4 月 15 日

回　放

有必要回放
一些镜头

男人备有子弹
女人备有剪刀
老人备有骰子

主妇和清洁工备有扫帚
清扫——居室和街道

可——
孩子不再备有纯真
青年不再备有热血

但——
总有人全副武装，仿佛一个小国家

2012 年 5 月 29 日

中午烟霾中的公汽

钝刀在石上划过——

避暑的蝴蝶飞过来
栖在困乏的睫毛上

午睡的歌剧院
烟霾重重
促进了空气净化器的畅销

股市一跌再跌
江水一涨再涨

能听见流水
但望不见高山
和云端的楼房

终于承担不了一只蝴蝶的重量
她飞到印花窗帘上

但飞不出烟霾和瞌睡虫的重峦叠嶂

2012 年 6 月 18 日

天　书

我总是在飞，总是追读
天幕上闪电的笔迹——

没有命名、划分、边界
没有时间、地点、人物

只有夜幕上所有的闪电
和唯一的飞翔

这惊奇
胜过所有的白纸黑字

它无限幽深，无限变幻
无限静谧，无限闪烁

醒来
还无限安慰现世

你看，我这么自足
是因为有睡梦里的天书

2012 年 6 月 23 日

个人史

他（她），只是哭，而没有泣
只是悲，而没有痛
只是躺着，而没有睡着

或者相反

我，从没学会欣赏
精神病院的怡人风景：

壮丽山河不值一提
波澜文字也不值得记取

你，如被吹拂
定是我体内群山漏出的风

2012 年 7 月 14 日

当务之急

威廉斯每天早晨写一首诗
我每天早晨看一群老人晨练

我绕着公园一圈又一圈
遇到急行上学的孩童

昔日同窗在手机里叹息：
"哎，我的双手开始长老人斑了！"

"我们的青春舞场
成为了老人的栖居地。"

我早已开始
为逝去的年华写悼词。

而当务之急——我要习惯
戴眼镜读书写作失恋衰老

2012 年 7 月 28 日

来自饺子馆与书房的观察报告

她不在闺房
她在卖饺子票的间隙
十字绣

他不在书房
他在电脑上
练习杀人游戏

猫穿过
烟霾笼罩的时代广场

2012 年 12 月 9 日

在上海博物馆偶得

我靠沧桑的真实与古老的优雅过活

不臃肿、不麻木
还特别敏感于艺术

在上海博物馆的
半天

我明白了博尔赫斯优秀的
原因：坐拥书城

走马观花，不是坐拥
我羡慕博物馆的保安

他就是一位优秀诗人（的前生）

2012 年 7 月

在科罗拉多大峡谷坐直升机

一上午，我们在候机坪
等待像蜻蜓那样起飞

在直升机的最高音
和船舶的极低音之间

飞过辽阔美利坚的
峭壁和河流

假装听不懂得意的英语
只懂退缩到绝壁的印第安歌舞

我坚持用中文说
上帝在此部分复制了我们的新疆和黄河

2012 年 9 月

有感于三峡大坝建成后

你如筑巢，就筑在高山上
不然，水会淹没

你如筑城，就筑在高山上
不然，水会淹没

你如葬父，就葬在高山上
不然，水会淹没

你如刻碑，就刻在石头上
不然，时间会淹没

2012 年 9 月宜昌至重庆的游轮上

不及物

旧日历上有永不过时的祝福
和一诞生就过时的广告

理想被日常生活羁绊
磁带上的歌曲被怀念倒放

我要穿过
雨天的瀑布幕墙和它的玻璃窗

经历各种各样危险的奇遇
到达群山之上、彩虹之上

2013 年 1 月 5 日

完 美

如你所见——

爱是一个，又是另一个
梦是一个，又是另一个
生活是一种，又是另一种

画面
颜色
石头和剪刀

如你所见——

云的布匹展开
霓裳就做成了

2013 年 2 月 7 日

夜晚的李清照

通常小酌
通常绿醉红睡

黄花、丹心
带有清冽的拂露

笔墨、锦帕
书写婉约或豪放的诗句

冷清不凄惨，停蹄也悲壮
不过江东，写青史

不眠不休
吟诗刚开始——

2013 年 1 月 16 日

由暮年开始新生

深夜，为给新鲜的露珠和尘土命名
枯枝写下暮年之诗

动用衰老的子宫、雪藏的秘密
和早年在屋檐下打冰挂的童心

月牙多么稚嫩！月光多么古老！
长发曳地如奔跑的马匹

三声响鞭，便回到了
投生处

穿堂风过——不识人，也不识己
适合全新的开始

2013 年 2 月 22 日

春天的信使

白的、紫的玉兰
举着火炬

他在花下瑟瑟抖动
口中念念有词——

"春天已经出生了
我要换上新装，扮成开花的树叶。"

邮局忙着寄送包裹
但无人收到世界的手迹

脑电图紊乱
垂钓的人心如止水，不生涟漪

2013 年 3 月 9 日

童年和谐园

小狗在门前逗弄小猫
水牛在柳树下嚼嫩草

奶奶在后园摆弄稻草人
赶麻雀

哥哥上学堂了——
他长大后要当老师

母亲在村前村后喊弟弟
父亲在水塘里打捞

呼喊声如开水炸锅了
我没有急得跳脚

一边喊弟弟的名字
一边看摇头晃脑的花朵追着蝴蝶

弟弟在前湾树林里掏鸟蛋
在树杈间睡着了

醒来后回到家
父亲拿着竹竿要打他

母亲挺着七个月的孕肚

护住他

突然母亲肚疼不已——
小弟踹了淘气的哥哥一脚

有只蝴蝶不在花朵上醉眠
而在青石上小栖

姐姐从闺房里出来
倚着墙裙绣蓝天

地上有无数尖锐的石头
有树叶披覆的道路

2013 年 1 月 8 日

往，返

哪条路都是走到黑
通往武汉的大路、回到毛场的小途

货车、轿车和火车
进城的鱼米、回乡的兄弟

风中飘霜，飘雪
飘鹅毛，也飘芦苇花

天鹅在如镜的水面上睡眠
或在起伏的波浪上游弋

行吟者走出边境线
梦回故园

我眷恋背影里的纯真和古代
坚守非物质和走夜路的勇气

后面是满怀激情的高音童声
前面是深沉悲伤的低音老声

可以盲听
可以节外生枝、死后复生

2013 年 1 月 19 日

田 园

诗歌是难的！

不像大棚里的反季节蔬菜
和田地里的转基因植物
那么长势迅猛！

老水牛慢条斯理
不理会左边突突的耕种机
和右边呼啸的火车
对纠缠它的蚊蝇翻白眼、打响鼻

无牧童也无牧歌
天空有飞机经过的白线而无风筝

紫白色豌豆花的眼神
令蜜蜂不辞辛劳！

老农胸口的手机响：
"母亲，农忙时节我回来几天！"

广播播报要预防旱涝
——天地无泪或泪雨滂沱

返乡也是难的！

2013 年 2 月 26 日

吹往故乡的风

没有繁叶
风打过枯枝

有人
于旷野独自踏雪

我注定是一个由北向南
将白霜吹成青丝的梦者

集结夹道的油菜花
满耳的鸟鸣

和石头一起记下这个爱者——
由北而来的风

率领一群落叶和幻影中的儿女
在你的膝下承欢

2013 年 3 月 28 日

天鹅在如镜的水面上睡眠

准备干净的纸张、墨水
和鹅毛笔

以一句现实主义的诗
道出废弃的火车

运载过的颠簸人生

离别站口弥漫的泡面味道
削弱了我的感伤

像家中亲人
削弱了我对故友的念想

2013 年 4 月 16 日

比较学

兵马俑外的卖店
出售玩具考古器
——长安有一支军团等待复活

考完西安交大少年班的孩子
火车上一路挖土
——挖出了一个始皇帝

长安归来，再去埃及
比较陶俑和木乃伊

原来，尘土和肉体
都有如雷贯耳的名字

而我是多么安静！

2013 年 3 月 8 日

将失明

飞机在蓝天上画白线
风筝模拟它

风车在时代广场旋转
滑冰鞋模拟它

孩子追着一触即破的肥皂泡
少年的快艇剪破摩天大楼的倒影

而青苔用绿色天鹅绒裹着
一角锈迹斑斑的黄昏

知识分子沉睡已久
铁铺已关闭多年

唯一的失眠者撕日记
像撕日历一样迟疑而缓慢

午夜像广场一样宽阔而忧伤
好眼睛看见更绝望

2013 年 4 月 4 日

以风筝探测高远的天空

鸟鸣现实主义的心经
我吟浪漫主义的诗句

以风筝探测高远天空
以单车丈量辽阔大地

走过即将睡着的夜晚
如今，我要闭门不出

打磨刺亮夜空的光束
饲养日行千里的马匹

2013 年 3 月 18 日

校园内外

操场上激越的篮球拍打着
阳台上孤单的睡衣

一边是亢奋，一边是恍惚
一边是青春，一边是暮年

孙辈吃下祖辈送来的饭

有人吞下消炎药，伏案午睡
有人戴着老花镜，结绳记事

少年中国说，替下篮球声
高倍望远镜显示——

校园里饲养了蚊子、苍蝇
也饲养了绵羊、猛虎、雄狮

和征战天下的马匹

2013 年 9 月 28 日

被 子

小区花园的椅子上晒着一床被子
白底上散着一组彩图——

镜前化妆的、窗前拉小提琴、玩手机的
路边聊天的、骑单车的、遛狗的

……现代的清明上河图
点缀着玫红和青紫的印章

醒目如花园里的好看植物
——三角梅、彩叶铁

像生活盖着诗名
有时，被子也晒在它们身上

2013 年 3 月 28 日

流　年

从诗歌朗诵会后回来
月亮好圆

月亮好圆
也照不到这世上我爱过的人

爱过的人
常令我跟随街心飘落的树叶

不管它去哪里
雨点都会滑入我的双眼

不是它，而是风
不让我说："回到树上！"

果回到花的粉嫩
黄金回到白银的纯洁

故乡的少年用竹竿
敲下或青或红的枣

等我在他乡写满日志的背面
头发已花白

2013 年 9 月 3 日

猛虎出笼

我的身体里冲出一只猛虎
在旷野上奔跑

你航拍
或花着眼睛在电视前看

那时你度过了虎狼之年
荷尔蒙衰退了

写给你的情书
投入了废弃的信箱里

……而今夜
你的猛虎回来了

流着泪
检阅昔日的山头

而有人举枪
猛虎倒下

更多的猛虎
替你奔跑、爱恋、生育、衰老

2013 年 9 月 17 日

李白江上短信汪伦

这不是桃花潭，是长江
污浊、汹涌，快艇像离舷之箭

离别的加速度重金属
摇滚不能分别的波浪

天上有飞机和飞机的白线
地上有高铁和高铁的磁悬

我偏爱的长江天际流
行驶着船只翻滚着浊酒

我捞不起江底的月亮
捞起了江面的诗句和流物

你得用纯净水清洗后品鉴——
黄鹤楼上邀月，盐水花生下酒

不闻酒香
唯闻汽笛声声

我不在对岸，在波涛里
没见到屈原，他的手机关机——

此起彼伏的咕咕声
是众物吞吐江水、消化酒精和粽子的胃

2013 年 11 月 15 日

今日的宝通禅寺

敲木鱼者——身心不空
藏着旧时衣裳里的俗物

听任红尘中人——满腹牢骚
继续头疼、发烧，继续咬牙、磨刀

佛光不在头顶——在屋檐上
烟熏火燎，罩着抱佛脚的男女

无人骑坐白马取经
亦无行者横空出世，披祥云追随

念经的妇人，如街边歌女
唱的并非盘缠，而是黄粱

无闻钟声，但见手机震动
电视聒噪

——阿弥陀佛！佛光披拂！

洪山宝塔下
紫色外衣的菜薹头顶黄色小花冠

被裹挟山下
红尘有烟火之诗而无碧空之翅

2013 年 1 月 25 日

昙华林

新世纪的阳春白雪被新世纪的下里巴人
包围成桃花源

古筝、汉绣、陶艺的慢时光
在这里顾盼自怜、形影相吊

左边拿铁咖啡的特慢专递（咖啡吧）
似沉睡的阑尾

右边的胭脂路、粮道街
游荡着烟火、脂粉和莽汉

中间飞跑的清洁环卫车
惊吓了自拍（他拍）的后古典主义时光

你终于保留了你慢下来的影子
但昙华林只是昙华林的赝品

2013 年 11 月 29 日

大瀑布

这辉煌的坠落——

我的眼睛刚刚攀过玻璃幕墙
又在横面与竖面的外围找寻

操纵巨大织布机的
祖母

放出无数的白马
跌成气势磅礴的白耳垂

悬在无垠的空中——

山呼海啸啊！这世上只有此轰鸣
能与她垂下湍流的眼神媲美

奔腾跌宕的胸怀
不断被前方牵引、拓宽

2013 年 12 月 3 日

这么空

夜晚空出一大片黑暗——

她在自己的黑里
听见摇晃的吱呀声

无人随风而至
是寂寞的藤椅和床

还有烟雾中的烟圈和手指
在悼念

无处告别——
她只有回忆中他的灵魂

和现在的衣冠冢

这悼念也这么空虚
这空虚也这么空

2013 年 11 月 19 日

暮 春

杨柳岸自拍青丝
牡丹花将多重绸衣舞成单片

风摸了头发又摸苔藓

巨紫荆又红又紫
白玉兰举着晚年的火炬

春光在头顶，在阴影里
樱花还能灿烂一会儿

远方和入夜的灯盏将一直亮着

2014 年 3 月 28 日

离 乡

鸟窝在上

着桃子衫的人
过李子树

田野接着田野
山峦连着山峦

风蝶结盟
传播转基因花粉，翻卷后工业波浪

知更鸟迁徙

背井者
怀揣家谱，唱歌壮胆

2014 年 3 月 5 日

藏白鹭

穿白衣的女子
唱歌跳舞照镜子

和画画写诗的姐姐一样
爱美爱大自然

呢喃诵出轻风
足音舞出朝拜

在那喀索斯和自我的天真湖面
颂扬头顶和水底的美丽蓝天

在城市的烟霾和酸雨间
珍藏哀悼的白色闪电

2014 年 3 月 9 日

居山猫

不捉鼠，不捉蝶
也不叫春

做隐者，做灵仙

以宝石眼球
转动九条命的

来世今生

在山里打会盹
给人间下场雪

猫仙爱上了
要他还俗的猫人

2014 年 3 月 9 日

总有一天

春花开尽时
湖水是一面单色的空镜

少年哼着不成调的歌谣
远行

一次归家的航班
被人随意终结

不能止住的呜咽
不能埋藏落叶和阴影

她们勉力站起
教不忍出生的孩子认树

庭院和时光荒芜
疼痛之心仍在寻亲

总有一天
愤怒的海洋会掀起底座

总有一天
逝者会再度出生

2014 年 4 月 2 日

杜鹃已过盛花期

宣传是世界性的，旅游是地域性的

一只有思想的虫子
把身边的草叶食成对称的艺术品

招蜂引蝶

各色鸭舌帽和蝴蝶结宽檐帽
游荡在山脊上

大喜悦撞见小悲哀——

为了反衬暮春的明媚
我特别着素衣

"走不动了，这衰花！"

已过盛花期的高山杜鹃：起球的红色披肩
和少女的脾气一样令人进退两难

这不妨碍有眼光的拍摄者
拍出喜悦和明媚的特写

2014 年 5 月 5 日

老房子临街

绿色爬墙虎守着门楣
鱼虾跳躲到冰箱下面

不远足
打响指，如静车鸣笛

坐在车上的人
任雨刮器擦着泪水

薰衣草中住着普罗旺斯
和偏头痛的女子

不远足
在阳台上看书绣花

文字和花朵的烟火
比过了时间

阴影和皱纹
咿咿呀呀唱古人歌

2014 年 5 月 24 日

有何不同

穿越过去或展望未来
有何不同

梳妆盒装着首饰还是傲骨
有何不同

借来的爱人和想象的爱人
有何不同

你是否因爱上牛逼的人
而染上傻逼的悲伤

我终日打铁、磨剑
不锥心、不刺骨

只在自我的牢狱
射击绝望

哦，通向外面的桥梁已坍毁
编织的万顷绸缎

还是像波浪一样
无法挽救岛屿的沉沦

鸟——这类水上漂

叫声撕破海面和天空

所有自救和他救的信号
不在一个频率

信，无处投递或无人收阅
有何不同

搬石头和挖地球
有何不同

砸自己和埋自己
有何不同

2014 年 9 月 16 日

致人间

亲爱的，我并无悲伤
每晚抱着枕头睡到天亮

已不关心——

你爱的是身，还是心
还是身心合一

我暴瘦或发福
有没有关系

我敲天花板、数满天星
有没有关系

我把苦盐当蜜糖
有没有关系

文字雕刻着岩石——

它不关心墙头草和喇叭花
它有自己的舞姿和歌声

2014 年 9 月 25 日

人生观

"笨笨，看月亮去！"
"不如走夜路时月亮看我！"

"笨笨，看星星去！"
"我自己就是银河的中心！"

"笨笨，唱歌跳舞去！"
"不如劈柴、喂马、生孩子！"

"笨笨，吟诗作画去！"
"不如饮酒、发呆、梦游列国！"

2014 年 11 月 13 日

乌桕树下

绿色还在青春期
她谓之她的少年郎

中年的绿黄、黄，黄红、红
终将归于老年一色

而她喜欢的残缺
和侠气、江湖气、书卷气

——被风的指尖抚过

像荒草左右摇晃之后
匍匐在地

朗诵与美拍的记录
声音与画面的眷恋

如苍耳扎身一般
美好又疼痛

"一棵树下要葬着爱怜的灵魂！"

树与书是墓碑
我们是终将消失的墓堆

2014 年 11 月 2 日

羊群转场

羊群在草原上转场
仿佛扑面而来的滚滚红尘

滚滚而去——

我呆立一旁
遇见前世回望我的眼神

惊慌而深情——

远处雪山眺望
身边薄雾

我希望有只羊
慢下来，留下来

从此，把我的怀抱
当作它余生的牧场

2014 年 11 月 4 日

千百度

他近视六百四十度
她旋转三百六十度

更多的他（她）们
在百度（摆渡）

一尊神坐间庙宇
一个人开树繁花

幻术将天花板和下雨的夜空
变出满天星

而你是灯塔
是永夜的极光

2015 年 4 月 17 日

汉口假日

终于下雪了

江南的毛毛雪到了江北
变成鹅毛大雪

公主的轿车过了大桥
变成马车慢行

眼前是冷寂的江汉关
手中是喧嚣的自媒体

微信里的雪消息
飘了几光年

拂动虚设的床幔和灯塔
新友胜故知

但汉口不是罗马

2015 年 1 月 28 日

春日下午的琴台

我们将樱花认作桃花、月湖认作天池
一双彩蝶认作梁祝

汉水在我们身后隐入长江
我们在江湖之间徜徉

亲爱的，这不是琴台
这是我们的天上人间

一只吸牛奶的小羊
望着我们走过，又望着船只走过

垂钓的人一直在垂钓

而我们要从下午短暂的怀抱中
离开，归入各自的夜晚

任头顶的那些星星
成为分别后的安眠药和水晶

2015 年 3 月 18 日

长江两岸的星空

当星星眨眼的时候
我醒来

我醒来，浑身都是银河系的
闪烁银鱼

我们相爱
而有根银簪把我们分开

一条长尾巴的彗星
拂过我时说

我消失之地
将是你想念之所

2015 年 3 月 18 日

植物园赏郁金香

想起你在远方的夜色和孤独
我无力举起这么多热烈的酒杯

旧风吹着
新裙的优雅花边

阳光盛大，而忧伤汹涌

坎迪王子啊，坎迪王子
我是最爱你的那人

但不是你的公主

这么多酒杯碎在你的王国里
也碎在星期六的东湖植物园里

2015 年 3 月 28 日

花树下的石头

蚂蚁爬了三个钟头
我们爱了三个春秋

树影罩了一年
又飘下一旬的花朵

被风用一瞬吹走

这些
被私藏在个人影像里

满腹的爱与哀愁
开不了口的石头

2015 年 4 月 9 日

本命年

我想生一只小羊羔

和我一样的性别
一样的血型
一样的星座

但要有不一样的人生

她要生活在蓝天白云下
拥有一片辽阔的草原
一个宠爱她的家

长大后
她可以生一群小羊羔

在草原上打滚
发出幸福的咩咩叫

2015 年 4 月 14 日

昙华林的光

两杯水在它们喜爱的
音乐中形成完美的结晶

旅人在缎面日记里
写下的重金属爱情

通过音乐的波澜
返回到我的心里

而世上最昂贵的钻石
却只会带来不幸

摇曳在樱桃树上的祖国
同露珠一样易失

2015 年 4 月 16 日

画春光

他们忽略很宽很旧的长江
而取岸边很细很新的柳枝点染

我醉不醉酒
都要打着枝繁叶茂的树冠
奔跑

别再画我了，先生！

我老了
请允许我躲在镜子的背面
不见年轻时的朋友

就像此刻
我赞美这些骄傲的绿叶
但不忍惊动她身后倾伏的枯枝

2016 年 3 月 30 日

光阴论

16 岁的儿子
在纸上写下光阴论

我低头看掌纹
抬手摸皱纹

我想他那么年轻
我则在老去

望一眼窗外
槐花都发白

我多想再有个女儿
穿我还未穿过的衣

爱我来不及爱的人
因为他，我甚至

爱这个世界的苍凉
和尖锐

2015 年 5 月 4 日

栀子花的栅栏

当我还是孩子时
看着

栀子花的栅栏
各色猫翻过来翻过去

我在院子里跑来跑去
从不停息

现在我累了
靠着栀子花的栅栏睡着了

阳光和花影罩着我
像褓袍罩着小公主

猫眯着眼看我
风过来吻我

我一翻身就把
院子、栅栏、阳光、花影抖老了

2015 年 5 月 31 日

写诗的主妇

从梦中的暴雪里逃出来
见到一轮蛋黄草的旭日

每天升一次太阳
每天下一枚鸡蛋

如此随性而执着
这琐碎的人间生活

由细腻的工笔画
变成潦草的诗章

一滴油溅在围裙上
比泪落在纸上更有味

煎鸡蛋的勺
比写诗文的笔更有力

而一生只够一位主妇
患三次感冒开三次花

2015 年 6 月 29 日

心，乌托邦

风经过树时
舞姿正好

我经过此时
光影正好

"心，乌托邦"在我头顶
你拍得正好

或者柏拉图
或者托马斯

我不能竖起十万座大山
倒下一片海

我能记下颤抖的嗓音
梦想的节拍

这肉体，这灵魂的理想国
被狂热地空想也好

2015 年 7 月 12 日

在和平公园

练声者自带扩音器
歌声惊散鸟群

而蝴蝶只爱飞舞
孩子只爱摩天轮

我自拍你爱的
风情万种

把月季当玫瑰
月季园就成了玫瑰园

回廊光影斑驳
像圣殿的佛光

学生在公园旁的校园做考题
父母在拍照

我站在野荷旁
依然是位佳人

2015 年 8 月 30 日

烹茶铁壶

一些嘴唇等着你的溺爱
更多的在屏风外排着长队

白莲永远清丽于玫瑰
篆刻永远古典于键盘

这一壶春水秋波的佳茗
将高烧的爱拎到你的面前

我来自北极，我来自南极
我来自东西，我来自中原

而你的胸怀独爱
妙丽的佳人和儒雅的先生

因他们不会让你的
古境与禅意生锈

而让你滋润肉做的眼眸
铁打的江山

2015 年 8 月 1 日

冬天里

候鸟已飞走。我会再次回到你的身边
会在干枯的河床或草地待上整个冬天

要有太阳月亮陪伴
还要有风雨、霜雪陪伴

我依然会穿着厚棉袍
会打盹，会喝酒写诗

回忆天真的童年，安抚迟钝的晚年
心疼臃肿的偶像和他悄然定下的

墓碑——它
以沉默和黑暗传世

我还要寻找
中途走失的亲人

是的
如果你爱我

不但要爱我的眼神
还要爱我怀抱里的阳光和夜色

2015 年 11 月 7 日

帐篷节观花海

没有太阳，只有灰光
这些花自己明媚

牵引我的目光
上看下看，左看右看

其实，我不想睡帐篷
只想醉卧花丛中

或者，为阴天的花海
举着蓝天和云彩

2015 年 11 月 19 日

童　话

童话里的小公主一身紫衣
她周围的光也是紫色的

我就想有这样一个小女儿
在紫光中奔跑

可我年事已高，不敢生育
我想借一个年轻的子宫

生一个小女儿
建一个小王国

2015 年 11 月 28 日

有关系

床嘎吱作响，是因为床板和床脚
没楔合好

天空和大地不能亲密

风动是因为
有空可钻

高山和河海不能亲密

碰巧美酒遇到咖啡
秀才遇到兵

我和你不能相遇

歌喉遇到聋者
光亮遇到盲者

满天的电闪雷鸣

不再缝纽扣
但我还是捡起地上的针

2015 年 12 月 29 日

梦中汴梁

不知道距离苹果诱惑夏娃
毒倒白雪公主多少年

不知道距离苹果砸中牛顿
药医吃出半条害虫多少年

我的父辈们还穿着青蓝衣服
哥姐们已经噘叭裤扫地公汽上嚎叫

邻家少女在树阴下编辫子
少男在沙路上踢石子

有人太孤单了
在河边放了一把计划经济的火

县城文工团的演员
在圣诞节有了欧洲人的眼睛

奶奶在梦中对爷爷说：
"你起来得正好！去汴梁吗？

记得戴口罩。顺便给我捎
几两毛尖……"

2015 年 12 月 24 日

世间所有的路

他在江上跑快艇
他在峰间走钢丝

我们走山路，说着话
听着自己的回声

突然就累了
突然就冷了

越爱越冷
抱了这么久

世界也没有改变
体温也没有回升

2016 年 1 月 8 日

人　类

每个身体里都有一个人类
灵魂里也有

或大于地球大于宇宙
或小于流沙小于尘土

但却是最好的
有最理想的标准照

绝不是眼前看到的
更不是你想承受的

原来还有美好的大气包裹它
现在代之以防毒面具和口罩

上帝啊
废船在沙滩上像鱼骨

2016 年 1 月 10 日

翻 篇

白雾晃动树枝
鸟飞来飞去

她站在阳台上
看雪

一只蚂蚁在她的靴子里
找热带

新年了
两尺缎带打成的蝴蝶结

封住青春和旧照片
你别用相机抓蝴蝶

2016 年 2 月 5 日

凝神于窗外

窗收纳东边的武昌
蛇山旁的教堂和它周围的建筑物

飞舞的群鸽
和数家天台上的衣衫、床单

小车带着喇叭声
经过豆皮摊和热干面馆

街角有凝神于手机的宿醉者和骑单车的学生
有拎着菜蔬的主妇或坐轮椅的老者

小宾馆有睡眼蒙眬的前台
和灯光暧昧的房间

摩托拖着尖音
冲击寂静和声浪

这长卷的每一处
闪烁于窗内的纸页间

2016 年 2 月 15 日

光影亲吻光影

光芒涌入
树叶舞成枯叶蝶

她骑单车由窗下经过
风舞动光斑

明信片上的雪不在明信片上
也不在指下的朋友圈

它在去年的山坡上
经由消失的邮筒到你手中

光影亲吻光影
你亲吻消失的雪

2016 年 2 月 21 日

一切尚好

风跑得快
抚摸事物的能力也很强

你比不上
但想象力可以

有人穿针引线
用现在补过去

阳台外月亮在落下
像亲爱的离别慢而不舍

一切尚好

夜晚还拥有睡眠这剂麻药
白天还拥有阳光和钙

2016 年 3 月 15 日

有 诗

前天钓鱼
昨天看母鸡孵小鸡

今天放风筝、燃孔明灯
感受引力波

此刻删掉朋友圈
听校园广播

每一粒硌脚的石子
都有棱角

每一次不同的呼吸
都是永恒

这诗句的上行和下行
这长江的南岸和北岸

字舞鸽飞
有迹可循

……我把碎玻璃
砌成了教堂的穹顶

2016 年 5 月 3 日

西津渡

必须有首现代诗
刻在古石上

以便传承上
有突兀

像古渡口不在长江边
而在闹市

我也不要发髻
而顶蝴蝶结

云台阁不见饮酒的诗人
而闻热闹的脱口秀

允许我在酒肆坐一宿
梦回英雄的战场美人的闺房

2016 年 9 月 17 日

蜜蜡姑娘

穿绿色长裙的蜜蜡姑娘
她的宝贝都是金色

春夏到了秋天

黑色波斯猫
亮着两颗金色的眼睛

走在罩着蜜蜡的
玻璃柜上

乌云流过满洲里的太阳

她说：
这是世上最轻的宝石

而诗人醉心的流萤和灯火
没有重量

2016 年 9 月 24 日

等待暴风雪

前天去医院
看了一位朋友

外面到处都晃眼
晃得头晕

昨天头晕
今天还头晕

躲在床上听雨
电话邀约周六摘金橘

我回说哪儿也不去
就听南方的台风北方的雾霾

如果天晴了
我就听室内的雨

然后静等
暴风雪的到来

好好做一场爱
再去革命再去投胎

2016 年 10 月 20 日

火车驶过隧道

火车驶过红安
隧道

河流奔向远方
桥飞越她的腰部

苍松之中的瓦房
均是红色圣地

火车再入隧道
再次进入黑暗

我要写的这首诗
想成一座博物馆

没写成
就不会开门

2016 年 10 月 24 日

写意鸟

它在枝上，在歌唱
不在它自己那里

我有它一致的目光和歌喉
我还有别致的空巢和空壳

风吹乱头发和衣衫
有什么关系呢

像你随手的写意
和一声轻笑

已过千条河
已过万重山

你一回头
我就盖好红章

将乱世和英雄
一并挂墙上

2016 年 11 月 4 日

我看见

我看见诵诗者
他的善和悲悯

我看见甲壳虫
它的禅和摇滚

我的现在
抱着我的从前

呢喃冲着海浪
耳语似惊雷

世道有变，我们亦然
不论是故乡还是异域

我们有不同的眼光、道路
和暮色

2016 年 11 月 26 日

一个世纪的冬天

写下一个冬天，我就丢弃了
它的年轻迷惑过我

写下两个冬天，我就忘记了
它的寒冷温暖过我

而一个世纪的冬天，它的
严酷、琐碎、孤绝、无望

冰雪覆盖大理石的
寒光

以一个老者的余力把它们
磨成利剑

杀向风车和逼过来的
死亡

大声唱——
蒲公英、芦苇花、雪茫茫

2016 年 11 月 12 日

西伯利亚荒原

极昼或极夜
木舟搁在乱石堆

火车再也没来过
空站台铺满荒草或冰雪

他们有度过极端天气的
脸庞和

信仰
他们有极端情感

追着苍鹰飞翔
推着巨石上山冈

2017 年 1 月 11 日

乌兰巴托

草原上一面正衣镜后
醒目的乌蓝之下

彪悍的马群
罩着温驯的羊羔

一位被劫的
寡言的女儿

有着母狼一样
凌厉而惊怯的眼睛

2017 年 1 月 11 日

冬天的婚姻生活

下雪了
她在阳台上

看见梦中的自己
不停地织毛衣

他拉着线头
不停地旋转

多奇怪
爱侣如春蚕

而猫，猫过来
逗线团

她看着雪
抱紧自己

阻止羊毛披肩
滑落成锦绣地毯

2017 年 1 月 9 日

有问无答

毛衣拆了又织，织了又拆
火车去了又回，回了又去

一路写下来，橡皮擦用了两次
不能用第三次了

再用卷面就不整洁了
就破了

现在在下雪
雪是天然的橡皮擦呢

我在一条废路上
走了一天一夜

没人看见雪
怎样擦去我的脚印

山那边雨加雪了吗？
或者毛毛雨，或者鹅毛大雪

2015 年 1 月 28 日

双鱼座与其他星座的关系

狮子座是丈夫、王者
又是情敌、奴婢

天蝎座是卿卿我我的知己
又是若即若离的跟班

巨蟹座是前世情人
又是现世债主

中途跑过来的射手座没开腔
就胡乱射击众星

双鱼座东南西北地
游啊

当天空是镜子
日月星辰是饰品

她无数次在梦中奔跑
却不轻易将鱼尾化作人脚

2016 年 3 月 8 日

不停说话

洗手两遍
关门窗三次
进出电梯四趟

楼下垃圾筒旁
站着一个漂亮的芭比娃娃

墙角的水泥工
用火机烧多脚虫

雨下了一整天
下了一整天

天掉下来了
但没有一颗星星掉下来

外面的花都谢了

窗边有束花站了一个礼拜
不停地对我说话

2016 年 4 月 7 日

读诗标准

恋爱者的诗我不读
它们太腻

抽烟者的诗，我读首句
喝酒者的诗，我读半卷

穷赌徒的诗，我读尾节
失眠者的诗，我读一部

对在天花板上数星星的诗者
我读全部

并鼓动全世界的牛群
当听众

2016 年 11 月 17 日

低音区

我盼望这个冬季能下雪
盼望雪白得像我的梦境

或像此刻的阳光
盛大，足以覆盖一生

又如大理石
光洁、冰冷

刻着永恒的名字
天上云、海底针

所有大于自身的事物
比如厨房，比如睡床

比如笔墨，比如纸帕
还有等待被治愈的长夜和伤口

2016 年 12 月 20 日

雾锁家园

风中浅唱低吟的白杨
路过福利院的爱人

正迅速衰老

作为治疗师的诗歌
在睡去

我爱的家园
在梦中

我不能关灯
不能写下让你悲伤的句子

有一天
天窗开启

多个我
会飞离自己的身体

2016 年 12 月 26 日

天还未亮

我唱歌
经常在梦里唱

我想是现实
欠我一副好歌喉

走夜路时
我大声唱

吓鬼
也吓自己

风更要命
它卷着我跑

我一身冷汗
天还没亮

2017 年 1 月 16 日

普世真理

每个家族
都有
几个
拖后腿的
穷
亲戚

和
不会
打酱油的
傻
孩子

风知道
它跑遍全世界

2017 年 1 月 23 日

徐娘曲

不知不觉就老了
叫自己徐娘

或
老女人

但不用年轻女子的
恶毒语气

而用母亲的无助和
慈爱

你看紫玉兰要开了
世界又年轻了

青色的旧衣缀着
满天星

而你们
你们都是我所生

2017 年 2 月 19 日

早春的紫叶李路

他从树林出来
仿佛一夜未睡

斗篷由开花的紫叶李剪裁
高枝有风

暮年的病
送走计步器

白昼刚醒
他就奔往另一条黑路

2017 年 2 月 20 日

心脏有风

"你轻度……"
医生指着我的心脏彩超

"像陈年的门窗
渗进风。"

每一次的电闪雷鸣
每一次的鞭炮枪声

密集哄闹的人群
和世上所有的呼吸

时时摔打、挤压
我的门窗

2017 年 2 月 27 日

医院隔壁有禅寺

医院里人多，话多
不适于抒情

医院里嘈杂，安静
不适于大笑

我同室的陪床者
在安慰他老伴的

低泣之后
鼾声如雷

我借着微弱的床头灯
看滴水成冰

想着明早可以溜出医院
到隔壁的宝通禅寺

呼吸新鲜空气
倾听鸟鸣和禅语

我就安心睡着了

2017 年 3 月 5 日

菜薹颂

洪山宝塔下的菜薹
越来越高越来越壮

越来越多的人享用着
苏词人错过的紫衣黄花

禅寺里的黑猫总能撞见
用香钱供奉神灵的香客

瞬间变身成
厨房里的烟火姑娘

2017 年 3 月 6 日

核磁共振

作为一个幽闭症患者
我极力避免被推进

那个白色舱
可病情不允许

我用棉球塞住耳朵
闭着双眼，等待就义

两刻钟，一世纪
脑子里噼啪着科幻片

出舱时
我重新披上隔离的金属件

顿觉自己是
太空归来的宇航员

2017 年 3 月 6 日

五十肩

有人在解放路的拐角
手舞足蹈

今天
我跨过五十岁的门槛

五十个我
依次转过解放路的拐角

2017 年 3 月 10 日

花泥路

紫叶李花瓣点染
和紫玉兰花瓣工笔的

路面，仍然很脏
早晨的清洁工此刻在午休

立在垃圾旁的扫把
架着几枝花叶

昨天丽阳下和枝头花朵
合影的人，此刻拍落红

还有更多拍客
在朋友圈晒美图

唯不见花锄
和葬花吟

混响招摇而过
碎花裙避不开黑制服

2017 年 3 月 13 日

迎春花的午后

驶过武汉客厅的红色轿车
泊在沃尔玛的对面

在三十三楼的高层
坐进鱼的武昌府

一个天才少年和他满室
游弋的鱼

不羡慕大学城的
蓝色游泳池

斜戴长辫帽的毛娘
初画

迎春花的午后
覆盖倒春寒的芳名

诗者将高空的鱼群
请进书籍

那将被命名的童真
谓之无限美、无限可能

2017 年 3 月 15 日

延村聊斋

山东的蒲松龄
到江西的延村拍聊斋

狐女在油菜花地
或桃树旁出生

服侍徽派古宅里
伏案的书生

画皮、幽魂
人鬼恋……

蒲公依然会沿用
自己编剧的大胆故事

拍摄北上的官人
南下的落第生

只是公映时
他也会剪去毛片里

不能曝光的
最黑暗部分

2017 年 3 月 22 日

雨天的奔马

昨夜暴雨
吵得我很晚才睡
今天上午醒来时
汉马已经跑完全程
朋友圈都在刷汉马
刷雨中流汗的马
过汉江过长江奔东湖
今天的东湖终成大海

一些凑热闹的汉马
一路拍豪情拍街景
我一边洗漱一边听电视
白发还在头上
黑发掉了一地
我拢起来，不点数
也不给谁作信物
直接放入垃圾袋
窗外很多落红直接入土
我直接入画
站成雨中的母马

2017 年 4 月 9 日

脑子里住着马蜂窝

清明节，与族人去祭祖
一行人捧着花、香、冥币
纸车马、纸服装
一桶挂鞭、两箱冲天炮
至祖坟前
敬花、烧香、燃币、叩头
到了要炸鞭炮时
突然冲来一群飞机
停在祖坟前的松树上

小孩要上树掏马蜂窝
大人慌忙制止
有人轻轻移走了挂在树枝间的鞭
和树下的冲天炮
祭祖的人撤离了祖坟
在不相干的空地上
炸响了挂鞭和冲天炮

现在，我的脑子住进了两只马蜂窝
（另一只悬挂在去年的寺庙里）
我在想，来年敬神、祭祖
我们要不要穿防蜂衣？

2017 年 4 月 9 日

每个人都有一座博物馆

左边的青丝，右边的白发
和中间的石子

你的室内有勾践、编钟
刀剑、针具、苦脸和蜜

有沙漏、竹简、羊皮卷
指南针和火药

你的胸中有酒樽、马匹
块垒、日月、山川和灰

有心脏和白色骷髅
有蝴蝶标本和黑暗居室

伪和平的射灯照着
啃过疆域、咬过界石的

牙齿

2017 年 5 月 9 日

开　封

这座拒建高楼和地铁的古都
只剩下古城墙、仿古建筑
和埋在包公湖下九米的
开封府

我们走的御道，鸣的锣鼓
都是仿品

《清明上河图》一半在北京一半在台北
我们所见的只是石刻

新修的上河园往来穿古装的今人
下午打响大宋保卫战
晚上穿越东京梦华

挂帅的将领、执扇的词人
都是从办公楼、商宅、民居里走出来的
手机客

2017 年 4 月 22 日

从港科大的玻璃幕墙眺望大海

一片蓝色高嵌天空
一片蓝色深伏大海

云朵、水雾、树木、梦境
乐在其中

教学楼、图书馆
和 hall3

赛马会、高峰论坛
帆船和无人机

玻璃幕墙内的绿色座椅
学者和学子

在商学和科技的加速器里
涌动的优雅与骄傲

驶出牛尾海、清水湾
和维港

2017 年 6 月 7 日于香港科技大学

经 318 国道回故乡

我多年埋首书斋
到暮年才爱上自然

爱喜马拉雅山谷
忙碌的蜂箱

爱图片中
剪掉的电线和鸟窝

和人去楼空
长荒草的寺庙

爱故园的灰尘、蛛网
蒙垢的弹珠

和孤石、素颜
冷寂的心

2017 年 11 月 11 日

当我老了

当我老了
我不会再见年轻时的朋友

当我老了
我会取下遮住白发的帽子

当我老了
我不会再去远方

而无限热爱
戏院、广场和十字路

2017 年 10 月 22 日

重逢记

我在给家人
做麻婆豆腐

一个失联三十年的旧友
打来电话

"感谢上帝
让我找到你!"

豆腐还没出锅
我在想：

该如何怜爱那些
飞越高山与波浪的雄鹰

和绕着地球转圈的
卫星

2017 年 10 月 10 日

在三角湖拍残荷

江汉大学把三角湖变成了
他的内湖

柳宗宣、刘洁岷常在湖边
发呆，写诗

新诗鼻祖生日这天，学者
在学术中心论谈百年新诗

我趁会议的间隙
到湖边拍照

湖边没有两只蝴蝶
只有一片芦苇和残荷

天上是云，地上是风
湖心是

三只对峙的
鸥鸟、水鹰和黄鹊

2017 年 12 月 17 日

附：阿毛创作年表

1988

开始创作并发表诗歌。组诗《情感潮汐》获武汉地区高校"五四"诗歌大奖赛一等奖，刊于6月18日的《武汉晚报》。

1989

大学毕业后，留校工作。开始在全国诗歌大赛中获奖。至九十年代中期，获诗歌大赛奖近二十次。

1990

创作组诗《为水所伤》《随雪而逝》等作品。

获"莺歌杯湖北青年诗坛优秀诗作奖"。

散文《永恒的瞬间》获《湖北青年》杂志社优秀处女作奖。

1992

获"海内外当代青年诗歌新人奖"。诗集《为水所伤》出版。

1993

创作《敲碎岩石》《两性之战》等诗歌。

组诗《雪落何处》获首届全国文学新秀创作笔会一等奖。

加入湖北省作家协会。

1994

开始小说创作，发表小说处女作《星星高高在上》。

1995

创作诗歌《我被黑夜的裙创造》《至上的星星》、长篇小说《欲望》、短篇小说《走前唤醒我》《包厢里的两性》等作品。发表中篇小说处女作《非经典爱情》。

1996

9月，成为湖北省作家协会合同制作家、武汉市作家协会合同制作家。10月，参加武汉市作家协会举办的长篇小说笔会，完成了长篇小说《欲望》的创作。

1997

创作《童年》《距离》《花朵与石头》等诗歌。5月，中短篇小说集《杯上的苹果》出版。

1998

4月，长篇小说《欲望》出版。

1999

开始一系列思想随笔的创作。6月，诗集《至上的星星》出版。

2000

7月，调入武汉市文联《芳草》杂志社任文学编辑。

2001

创作《当哥哥有了外遇》《雪在哪里不哭》《女人辞典》《午夜的诗人》《爱情教育诗》等诗歌及《玫瑰的歧义》《请把口红吃掉》《凌晨两点回家》等短篇小说。

2002

创作《我和我们》《由词跑向诗》《以前和现在》等诗歌，《冬天的写真集》《两个人的电话》等短篇小说及长篇散文《怎样温柔地爱与死》的部分篇章。小说《玫瑰的歧义》获《芳草》小说奖。

2003

转入专业写作。加入中国作家协会。

创作诗歌《仿特德·贝里根〈死去的人们〉》《宽容》、短篇寓言小说《一只虾的爱情》、散文集《影像的火车》的部分作品。

5月，诗歌《当哥哥有了外遇》卷入"新诗有无传统""口语诗是不是诗""是口语诗还是口水诗"等争议中。由此，《当哥哥有了外遇》频繁出现在众多文学期刊、新闻媒体和大学讲堂上，被评论界称为"阿毛现象"。

《爱情教育诗》获《长江文艺》"金天问杯"诗歌奖。

2004

创作《我是这最末一个》《在场的忧伤》《石头也会疼》《岁月签收》《火车到站》等诗歌。

《当哥哥有了外遇》的争议持续到2004年底，被相关媒体称为"2004年最重大的诗歌事件之一"。其中3月的《诗刊》上半月刊"诗歌圆桌"、《武汉作家报》、6月的《爱情婚姻家庭》及8月的《诗歌月刊》的"特别关注"等特辟专栏（专版）专议此诗。一些大学中文系的研究生就此诗开专题研讨会，认为该诗为诗歌怎样贴近现实、贴近生活、贴近群众提供了很好的范本，具有很大的研究价值。

10月，赴安徽黄山参加《诗刊》社第20届青春诗会。

2005

创作《献诗》《白纸黑字》《取暖》《波，浪，波浪，波……浪……》《时间之爱》（组诗）、《爱诗歌，爱余生》（组诗）等诗歌。

1月，长篇小说《谁带我回家》出版。5月开始了长篇小说《在爱中永生》的创作。年底赴欧洲访问。

2006

创作《火车驶过故乡》《唱法》《多么爱》《傍晚十四行》等诗歌。

1月，诗集《我的时光俪歌》出版。9月，诗文集《旋转的镜面》出版。

《2006年中国新诗年鉴》年度诗人重点推出诗歌《木头》《私情》《更多》《偏头疼》等。

2007

创作《红尘三拍》《肋骨》《病因》《家乡》《不下雨的清明》等诗歌。9月上中旬赴北疆，创作《北疆组诗》。

11月，"阿毛作品研讨会"在武汉成功举办。有关研讨会的消息、会议综述、阿毛作品的评论文章、评论小辑（专辑）及阿毛访谈，分别在《文艺报》《文学报》《文汇读书周刊》《南方文坛》、武汉电视台等近20种（家）文学期刊、新闻媒体上发表（播出）。

2008

创作《波斯猫》《夏娃》《艺校和大排档》《提线木偶》等诗歌。

组诗《爱诗歌，爱余生》荣获"《诗歌月刊》2007 年度诗歌奖"。

1 月至 8 月，《诗朗诵》《印象诗》《在路上》《单身女人的春天》《女儿身》等组诗分别在《中国诗人》《人民文学》《上海文学》《十月》《钟山》等刊物发表。

11 月，散文集《影像的火车》出版。

1 月起，兼任《芳草》文学杂志副主编。

2009

创作《玻璃器皿》《孤独症》《剪》《独角戏》及《爱情病》《纸上铁轨》等诗歌。

3 月，获武汉市"三八红旗手"称号；9 月，获第七届华文青年诗人奖，并成为 2009—2010 年度首都师范大学驻校诗人；11 月 3 日下午，在首师大作题为《写作就是不断出发》的讲座；11 月中旬，诗歌《多么爱》获中国 2009 年度最佳爱情诗奖；12 月 17 日下午，在北京语言大学作《文学的根性》的讲座。

2010

创作《这里是人间的哪里》《一代人的集体转向》《发明一个童话世界》《埃土诗章》等诗歌。

1 月下旬，赴哈尔滨、漠河、北极村、亚布力等地，创作诗歌多首。

3 月，获武汉市十佳女宣传文化工作者称号。

4 月 1 日下午，首都师范大学中国诗歌研究中心举办"与驻校诗人阿毛对话会"。

5 月 31 日下午，湛江师范学院南方诗歌研究中心举办"阿毛诗歌研讨会"。

6 月，诗集《变奏》出版。

7 月 3 日，"首都师范大学驻校诗人阿毛诗歌创作研讨会"在京举行。

8 月 12 日，参加由中国作协创研部和湖北省作家协会联合在京举办的"湖北女作家群创作研讨会"。

10月19日，武汉市文联举办"阿毛诗集《变奏》研讨会"。

11月29日《文艺报》专版发表题为《忧伤而优雅、坚毅而尖锐的女性之歌——阿毛诗集〈变奏〉评论》的专题评论文章。

11月，散文集《石头的激情》出版。年底赴土耳其、埃及访问。

2011

创作《从早到晚的日光》《挽歌》《自画像》《回故乡》《俄罗斯诗章》《青海诗章》等作品。

2月，散文集《苹果的法则》出版。

7月底，赴俄罗斯访问。

8月上旬，参加青海湖国际诗歌节。

9月至12月，参加鲁迅文学院青年作家英语培训班。

11月21日至24日，参加首届北京国际诗会。

11月，长篇小说《在爱中永生》在台湾出版。

获2011年度湖北省第三届时尚文化颁奖盛典"十大新锐时尚人物"荣誉称号。

2012

创作《树叶》《抒怀》《个人史》《来自饺子馆与书房的观察报告》《上海诗章》《美国诗章》等作品。

7月初，在上海参加中美青年作家交流。

8月，《阿毛诗选》（汉英对照版）出版。

9月，赴美访问。10月至11月，参加爱荷华国际写作计划。

诗集《变奏》获中国当代诗歌奖（2011—2012）诗集奖。

2013

创作《完美》《春天的信使》《田园》《将失眠》《以风筝探测高远

的天空》等诗歌。

获《诗选刊》2012·中国年度先锋诗歌奖；诗集《变奏》获第八届屈原文艺奖、希腊国际文学艺术学院颁发的 ΔΙΕΘΝΕΣ ΒΡΑΒΕΙΟ 2013 年度最佳诗集奖。

2014

创作《暮春》《总有一天》《致人间》《甘蒙诗章》等诗歌。

5 月底，参加重庆举办的"中国诗集·全国诗人笔会"。

7 月赴香港。10 月赴甘肃、内蒙古考察。

获首届武汉市文学艺术奖。

2015

创作《长江两岸的星空》《光阴论》《栀子花的栅栏》《冬天里》《童话》等诗歌。

7 月底 8 月初赴云南腾冲、瑞丽等地，创作《观大小空山有感》《和顺小巷》《烹茶铁壶》等诗歌。8 月中旬赴内蒙古阿尔山，参加首届全国女子诗会，创作《阿尔山诗章》。

2016

创作《光影亲吻光影》《西津渡》《蜜蜡姑娘》《一个世纪的冬天》等诗歌。

8 月至 12 月间，先后赴香港、南京、内蒙古、安徽、深圳等地，创作一系列地理诗歌。

入选"黄鹤英才（文化）计划"。

荣获"第一朗读者·最佳诗人奖"。

2017

创作《延村聊斋》《徐娘曲》《医院隔壁有禅寺》《雨天的奔马》

《每个人都有一座博物馆》等诗歌。

3月至10月间，先后赴婺源、开封、杭州、香港、兴隆、德安等地，创作一系列地理诗歌。8月31日赴尼泊尔，作为期半月的文化交流。交流期间作《中国新时期的女性诗歌》主题发言。

11月，获"中国新归来诗人优秀诗人奖"。

12月下旬，赴广西采风，创作《广西诗章》。

跋

诗选集《玻璃器皿》里面的 261 首诗，是我 1988 年至 2017 年这 30 年诗歌创作的精选。

我把这些精选出的诗歌，依照创作出版的时间顺序及诗歌风格的渐变脉络分为三辑。

第一辑《花朵与石头》，选自 1992 年出版的诗集《为水所伤》、1999 年出版的诗集《至上的星星》和 2005 年出版的诗集《我的时光俪歌》。

第二辑《红尘三拍》，选自 2010 年出版的诗集《变奏》。

第三辑《我在这里》，选自 2010 年至 2017 年创作的诗歌。

这三辑诗歌，共同组成了这部诗选集《玻璃器皿》。

这部诗选集，不但是我的生活、写作与时代、生命等关系的诗歌展现，也是我诗歌写作风格的形成轨迹与渐变的体现。

同时，透过这《玻璃器皿》，你们可以看见那些纯粹而透明、摇曳而璀灿的光源，江山与人类，空气与糖果……和被我称之为"眼泪与火"的一切！

2018 年春　武昌街道口

图书在版编目（ＣＩＰ）数据

玻璃器皿：阿毛诗选 / 阿毛著. -- 武汉 ：长江文
艺出版社，2018.3
ISBN 978-7-5702-0080-1

Ⅰ. ①玻… Ⅱ. ①阿… Ⅲ. ①诗集－中国－当代
Ⅳ. ①I227

中国版本图书馆 CIP 数据核字（2017）第 300076 号

责任编辑：沉　河　　　　　　　　　责任校对：陈　琪
封面设计：川　上　　　　　　　　　责任印制：邱　莉　　王光兴

出版：　长江出版传媒　　长江文艺出版社

地址：武汉市雄楚大街 268 号　　　　邮编：430070
发行：长江文艺出版社
电话：027—87679360
http://www.cjlap.com
印刷：武汉新鸿业印务有限公司

开本：640 毫米×970 毫米　　　1/16　　印张：20.25　　插页：6 页
版次：2018 年 3 月第 1 版　　　　2018 年 3 月第 1 次印刷
行数：6048 行

定价：46.00 元